胡适（1891—1962），字适之，安徽省绩溪县人。早年接触新学，信奉进化论。1910年赴美国，就读于康奈尔大学和哥伦比亚大学，师从实用主义哲学家杜威。1917年初在《新青年》上发表《文学改良刍议》，提倡白话文，主张文学改革。同年7月回国，任北京大学教授。参加编辑《新青年》，发表新诗集《尝试集》，成为新文化运动的著名人物。著有《中国哲学史大纲》（上卷）、《白话文学史》（上卷）、《胡适文存》等。

天下没有白费的努力

目录

大胆的假设，小心的求证；认真的做事，严肃的做人。

I

怕什么真理无穷，
进一寸有一寸的欢喜。

做学问要在不疑处有疑，
做人要在有疑处不疑。

有几分证据说几分话，
有七分证据不说八分话。

大胆的假设，小心的求证；认真的做事，严肃的做人。

第一章　读书和做人

文学改良刍议

今之谈文学改良者众矣，记者末学不文，何足以言此？然年来颇于此事再四研思，辅以友朋辩论，其结果所得，颇不无讨论之价值。因综括所怀见解，列为八事，分别言之，以与当世之留意文学改良者一研究之。

吾以为今日而言文学改良，须从八事入手。八事者何？

一曰，须言之有物。

二曰，不摹仿古人。

三曰，须讲求文法。

四曰，不作无病之呻吟。

五曰，务去滥调套语。

六曰，不用典。

七曰，不讲对仗。

八曰，不避俗字俗语。

一曰须言之有物

吾国近世文学之大病，在于言之无物。今人徒知"言之无文，行之不远"，而不知言之无物，又何用文为乎？吾所谓"物"，非古人所谓"文以载道"之说也。吾所谓"物"，约有二事：

（一）情感 《诗序》曰："情动于中而形诸言。言之不足，故嗟叹之。嗟叹之不足，故永歌之。永歌之不足，不知手之舞之，足之蹈之也。"此吾所谓情感也。情感者，文学之灵魂。文学而无情感，如人之无魂，木偶而已，行尸走肉而已（今人所谓"美感"者，亦情感之一也）。

（二）思想 吾所谓"思想"，盖兼见地、识力、理想三者而言之。思想不必皆赖义学而传，而义学以有思想而益贵；思想亦以有文学的价值而益贵也。此庄周之文，渊明、老杜之诗，稼轩之词，施耐庵之小说，所以复绝千古也。思想之在文学，犹脑筋之在人身。人不能思想，则虽面目姣好，虽能笑啼感觉，亦何足取哉？文学亦犹是耳。

　　文学无此二物，便如无灵魂无脑筋之美人，虽有秾丽富厚之外观，抑亦末矣。近世文人沾沾于声调字句之间，既无高远之思想，又无真挚之情感，文学之衰微，此其大因已。此文胜之害，所谓言之无物者是也。欲救此弊，宜以质救之。质者何，情与思二者而已。

二曰不摹仿古人

　　文学者，随时代而变迁者也。一时代有一时代之文学。周秦有周秦之文学，汉魏有汉魏之文学，唐宋元明有唐宋元明之文学。此非吾一人之私言，乃文明进化之公理也。即以文论，有《尚书》之文，有先秦诸子之文，有司马迁、班固之文，有韩、柳、欧、苏之文，有语录之文，有施耐庵、曹雪芹之文。此文之进化也。试更以韵文言之：击壤之歌，五子之歌，一时期也；三百篇之诗，一时期也；屈原、荀卿之骚赋，又一时期也；苏、李以下，至于魏晋，又一时期也；江、左之诗流为排比，至唐而律诗大成，此又一时期也；老杜、香山之"写实"体诸诗（如杜之《石壕吏》《羌村》，白之《新乐府》），又一时期也；诗至唐而极盛，自此以后，词曲代兴，唐五代及宋初之小令，此词之一时代也；苏、柳（永）、辛、姜之词，又一时代也；至于元之杂剧传奇，则又一时代矣。凡此诸时代，各因时势风会而变，各有其特长。吾辈以历史进化之眼光观之，决不可谓古人之文学皆胜于今人也。左氏、史公之文奇矣，然施耐庵之《水浒传》视《左传》《史记》，何多让焉？《三都》《两京》之赋富矣，然以视唐诗、宋词，则糟粕耳。此可见文学因时进化，不能自止。唐人不当作商、周之诗，宋人不当作相如、子云之赋，即令作之，亦必不工。逆天背时，违进化之迹，故不能工也。

既明文学进化之理，然后可言吾所谓"不摹仿古人"之说。今日之中国，当造今日之文学。不必摹仿唐宋，亦不必摹仿周秦也。前见国会开幕词，有云："于铄国会，遵晦时休。"此在今日而欲为三代以上之文之一证也。更观今之"文学大家"，文则下规姚、曾，上师韩、欧，更上则取法秦汉魏晋，以为六朝以下无文学可言，此皆百步与五十步之别而已，而皆为文学下乘。即令神似古人，亦不过为博物院中添几许"逼真赝鼎"而已,文学云乎哉。
昨见陈伯严先生一诗云:

> 涛园钞杜句,半岁秃千毫。
>
> 所得都成泪,相过问奏刀。
>
> 万灵噤不下,此老仰弥高。
>
> 胸腹回滋味,徐看薄命骚。

此大足代表今日"第一流诗人"摹仿古人之心理也。
其病根所在,在于以"半岁秃千毫"之工夫作古人的钞胥
奴婢,故有"此老仰弥高"之叹。若能洒脱此种奴性,不
作古人的诗,而惟作我自己的诗,则决不致如此失败矣!
吾每谓今日之文学,其足与世界"第一流"文学比较
而无愧色者,独有白话小说(我佛山人、南亭亭长、洪都
百炼生三人而已)一项。此无他故,以此种小说皆不事摹
仿古人(三人皆得力于《儒林外史》《水浒》《石头记》。
然非摹仿之作也),而惟实写今日社会之情状,故能成真
正文学。其他学这个、学那个之诗古文家,皆无文学之价
值也。今之有志文学者,宜知所从事矣。

三曰须讲文法

今之作文作诗者，每不讲求文法之结构。其例至繁，不便举之，尤以作骈文律诗者为尤甚。夫不讲文法，是谓"不通"。此理至明，无待详论。

四曰不作无病之呻吟

此殊未易言也。今之少年往往作悲观，其取别号则曰"寒灰""无生""死灰"；其作为诗文，则对落日而思暮年，对秋风而思零落，春来则惟恐其速去，花发又惟惧其早谢。此亡国之哀音也，老年人为之犹不可，况少年乎？其流弊所至，遂养成一种暮气，不思奋发有为，服劳报国，但知发牢骚之音，感喟之文。作者将以促其寿年，读者将亦短其志气，此吾所谓无病之呻吟也。国之多患，吾岂不知之？然病国危时，岂痛哭流涕所能收效乎？吾惟愿今之文学家作费舒特（Fichte），作玛志尼（Mazzini），而不愿其为贾生、王粲、屈原、谢皋羽也。其不能为贾生、王粲、屈原、谢皋羽，而徒为妇人醇酒丧气失意之诗文者，尤卑卑不足道矣！

五曰务去滥调套语

今之学者，胸中记得几个文学的套语，便称诗人。其所为诗文处处是陈言滥调，"蹉跎""身世""寥落""飘零""虫沙""寒窗""斜阳""芳草""春闺""愁魂""归梦""鹃啼""孤影""雁字""玉楼""锦字""残更"……之类，累累不绝，最可憎厌。其流弊所至，遂令国中生出许多似是而非，貌似而实非之诗文。今试举一例以证之：

"荧荧夜灯如豆，映幢幢孤影，凌乱无据。翡翠衾寒，鸳鸯瓦冷，禁得秋宵几度。幺弦漫语，早丁字帘前，繁霜飞舞。袅袅余音，片时犹绕柱。"

此词骤观之，觉字字句句皆词也。其实仅一大堆陈套语耳。"翡翠衾""鸳鸯瓦"，用之白香山《长恨歌》则可，以其所言乃帝王之衾之瓦也。"丁字帘""幺弦"，皆套语也。此词在美国所作，其夜灯决不"荧荧如豆"，其居室尤无"柱"可绕也。至于"繁霜飞舞",则更不成话矣。谁曾见繁霜之"飞舞"耶?

吾所谓务去滥调套语者,别无他法,惟在人人以其耳目所亲见亲闻、所亲身阅历之事物,一一自己铸词以形容描写之。但求其不失真,但求能达其状物写意之目的,即是工夫。其用滥调套语者,皆懒惰不肯自己铸词状物者也。

六曰不用典

吾所主张八事之中,惟此一条最受友朋攻击,盖以此条最易误会也。吾友江亢虎君来书曰:

"所谓典者,亦有广狭二义。饾饤獭祭,古人早悬为厉禁;若并成语故事而屏之,则非惟文字之品格全失,即文字之作用亦亡。……文字最妙之意味,在用字简而涵义多。此断非用典不为功。不用典不特不可作诗,并不可写信,且不可演说。来函满纸'旧雨''虚怀''治头治脚''舍本逐末''洪水猛兽''发聋振聩''负弩先驱''心悦诚服''词坛''退避三舍''无病呻吟''滔天''利器''铁证'……皆典也。试尽抉而去之，代以俚语俚字，将成何说话？其用字之繁简，犹其细焉。恐一易他词，虽加倍蓰而涵义仍终不能如是恰到好处，奈何？……"

此论极中肯要。今依江君之言，分典为广狭二义，分论之如下：

（一）广义之典非吾所谓典也。广义之典约有五种：

（甲）古人所设譬喻，其取譬之事物，含有普通意义，不以时代而失其效用者，今人亦可用之。如古人言"以子之矛，攻子之盾"，今人虽不读书者，亦知用"自相矛盾"之喻，然不可谓为用典也。上文所举例中之"治头治脚""洪水猛兽""发聋振聩"……皆此类也。盖设譬取喻，贵能切当；若能切当，固无古今之别也。若"负弩先驱""退避三舍"之类，在今日已非通行之事物，在文人相与之间，或可用之，然终以不用为上。如言"退避"，千里亦可，百里亦可，不必定用"三舍"之典也。

（乙）成语　成语者，合字成辞，别为意义。其习见之句，通行已久，不妨用之。然今日若能另铸"成语"，亦无不可也。"利器""虚怀""舍本逐末"……皆属此类。此非"典"也，乃日用之字耳。

（丙）引史事　引史事与今所论议之事相比较，不可谓为用典也。如老杜诗云，"未闻殷周衰，中自诛褒妲"，此非用典也。近人诗云，"所以曹孟德，犹以汉相终"，此亦非用典也。

（丁）引古人作比　此亦非用典也。杜诗云，"清新庾开府，俊逸鲍参军"，此乃以古人比今人，非用典也。又云，"伯仲之间见伊吕，指挥若定失萧曹"，此亦非用典也。

（戊）引古人之语　此亦非用典也。吾尝有句云，"我闻古人言，艰难惟一死"。又云，"尝试成功自古无，放翁此语未必是"。此乃引语，非用典也。

以上五种为广义之典，其实非吾所谓典也。若此者可用可不用。

（二）狭义之典，吾所主张不用者也。吾所谓"用典"者，谓文人词客不能自己铸词造句，以写眼前之景、胸中之意，故借用或不全切，或全不切之故事陈言以代之，以图含混过去，是谓"用典"。上所述广义之典，除戊条外，皆为取譬比方之辞。但以彼喻此，而非以彼代此也。狭义之用典，则全为以典代言，自己不能直言之，故用典以言之耳。此吾所谓用典与非用典之别也。狭义之典亦有工拙之别，其工者偶一用之，未为不可，其拙者则当痛绝之已。

（子）用典之工者　此江君所谓用字简而涵义多者也。客中无书不能多举其例，但杂举一二，以实吾言：

（1）东坡所藏仇池石，王晋卿以诗借观，意在于夺。东坡不敢不借，先以诗寄之，有句云："欲留嗟赵弱，宁许负秦曲。传观慎勿许，间道归应速。"此用蔺相如返璧之典，何其工切也。

（2）东坡又有"章质夫送酒六壶，书至而酒不达"。诗云，"岂意青州六从事，化为乌有一先生"。此虽工已近于纤巧矣。

（3）吾十年前尝有读《十字军英雄记》一诗云，"岂有酖人羊叔子，焉知微服赵主父，十字军真儿戏耳，独此两人可千古。"以两典包尽全书，当时颇沾沾自喜，其实此种诗，尽可不作也。

（4）江亢虎代华侨诔陈英士文有"未悬太白，先坏长城。世无鉏麑，乃戕赵卿"四句，余极喜之。所用赵宣子一典，甚工切也。

（5）王国维咏史诗，有"虎狼在堂室，徙戎复何补。神州遂陆沉，百年委榛莽。寄语桓元子，莫罪王夷甫"。此亦可谓使事之工者矣。

上述诸例，皆以典代言，其妙处，终在不失设譬比方之原意。惟为文体所限，故譬喻变而为称代耳。用典之弊，在于使人失其所欲譬喻之原意。若反客为主，使读者迷于使事用典之繁，而转忘其所为设譬之事物，则为拙矣。古人虽作百韵长诗，其所用典不出一二事而已（"北征"与白香山"悟真寺诗"皆不用一典），今人作长律则非典不能下笔矣。尝见一诗八十四韵，而用典至百余事，宜其不能工也。

（丑）用典之拙者　用典之拙者，大抵皆衰惰之人，不知造词，故以此为躲懒藏拙之计。惟其不能造词，故亦不能用典也。总计拙典亦有数类：

（1）比例泛而不切，可作几种解释，无确定之根据。

今取王渔洋《秋柳》一章证之：

> "娟娟凉露欲为霜，万缕千条拂玉塘，浦里青荷
> 中妇镜，江干黄竹女儿箱。空怜板渚隋堤水，不见瑯
> 瑘大道王。若过洛阳风景地，含情重问永丰坊。"

此诗中所用诸典无不可作几样说法者。

（2）僻典使人不解。夫文学所以达意抒情也。若必求
人人能读五车之书，然后能通其文，则此种文可不作矣。

（3）刻削古典成语，不合文法。"指兄弟以孔怀，称
在位以曾是"（章太炎语），是其例也。今人言"为人作
嫁"亦不通。

（4）用典而失其原意。如某君写山高与天接之状，而
曰"西接杞天倾"是也。

（5）古事之实有所指，不可移用者，今往乱用作普通
事实。如古人灞桥折柳，以送行者，本是一种特别土风。
阳关、渭城亦皆实有所指。今之懒人不能状别离之情，于
是虽身在滇越，亦言灞桥，虽不解阳关渭城为何物，亦皆
言"阳关三迭""渭城离歌"。又如张翰因秋风起而思故

乡之莼羹鲈脍，今则虽非吴人，不知莼鲈为何味者，亦皆自称有"莼鲈之思"。此则不仅懒不可救，直是自欺欺人耳！

凡此种种，皆文人之下下功夫，一受其毒，便不可救。此吾所以有"不用典"之说也。

七曰不讲对仗

排偶乃人类言语之一种特性，故虽古代文字，如老子孔子之文，亦间有骈句。如"道可道，非常道；名可名，非常名。无名天地之始，有名万物之母。故常无，欲以观其妙；常有，欲以观其微。"此三排句也。"食无求饱，居无求安""贫而无谄，富无而骄""尔爱其羊，我爱其礼"，此皆排句也。然此皆近于语言之自然，而无牵强刻削之迹；尤未有定其字之多寡，声之平仄，词之虚实者也。至于后世文学末流，言之无物，乃以义胜；义胜之极，而骈文律诗兴焉，而长律兴焉。骈文律诗之中非无佳作，然佳作终鲜。所以然者何？岂不以其束缚人之自由过甚之故耶？（长律之中，上下古今，无一首佳作可言也。）

今日而言文学改良，当"先立乎其大者"，不当枉废有用之精力于微细纤巧之末，此吾所以有废骈废律之说也。即不能废此两者，亦但当视为文学末技而已，非讲求之急务也。

今人犹有鄙夷白话小说为文学小道者，不知施耐庵、曹雪芹、吴趼人皆文学正宗，而骈文律诗乃真小道耳。吾知必有闻此言而却走者矣。

八曰不避俗语俗字

吾惟以施耐庵、曹雪芹、吴趼人为文学正宗，故有"不避俗字俗语"之论也（参看上文第二条下）。盖吾国言文之背驰久矣。自佛书之输入，译者以文言不足以达意，故以浅近之文译之，其体已近白话。其后佛氏讲义语录尤多用白话为之者，是为语录体之原始。及宋人讲学以白话为语录，此体遂成讲学正体（明人因之）。当是时，白话已久入韵文，观唐宋人白话之诗词可见也。及至元时，中国北部已在异族之下，三百余年矣（辽、金、元）。此三百年中，中国乃发生一种通俗行远之文学。文则有《水浒》《西游》《三国》之类，戏曲则尤不可胜计（关汉卿诸人，人各著剧数十种之多。吾国文人著作之富，未有过于此时者也）。以今世眼光观之，则中国文学当以元代为最盛，可传世不朽之作，当以元代为最多，此可无疑也。当是时，中国之文学最近言文合一，白话几成文学的语言矣。使此趋势不受沮遏，则中国几有"活文学出现"，而但丁、路得之伟业〔欧洲中古时，各国皆有俚语，而以拉丁文为文言，凡著作书籍皆用之，如吾国之以文言著书也。其后意大利有但丁（Dante）诸文豪，始以其国俚语著作。诸国踵兴，国语亦代起。路得（Luther）创新教，始以德文译《旧约》《新约》，遂开德文学之先。英法诸国亦复如是。今世通用之英文"新旧约"乃一六一一年译本，距今才三百年耳。故今日欧洲诸国之文学，在当日皆为俚语。迨诸文豪兴，始以"活文学"代拉丁之死文学。有活文学而后有言文合一之国语也〕，几发生于神州。不意此趋势骤为明代所阻，政府既以八股取士，而当时文人如何李七子之徒，又争以复古为高，于是此千年难遇言文合一之机会，遂中道夭折矣。然以今世历史进化的眼光观之，则白话文学之为中国文学之正宗，又为将来文学必用之利器，可断言也（此"断言"乃自作者言之，赞成此说者今日未必甚多也）。以此之故，吾主张今日作文作诗，宜采用俗语俗字。与其用三千年前之死字（如"于铄国会，遵晦时休"之类），不如用二十世纪之活字；与其作不能行远、不能普及之秦汉六朝文字，不如作家喻户晓之《水浒》《西游》文字也。

结论

上述八事，乃吾年来研思此一大问题之结果。远在异国，既无读书之暇晷，又不得就国中先生长者质疑问难，其所主张容有矫枉过正之处。然此八事皆文学上根本问题，一一有研究之价值。故草成此论，以为海内外留心此问题者作一草案。谓之刍议，犹云未定草也，伏惟国人同志有以匡纠是正之。

1917年1月发表

理想中的学者

专工一技一艺的人，只知一样，除此之外，一无所知。这一类的人，影响于社会很少，好有一比，比一根旗竿，只是一根孤拐，孤单可怜。

又有些人广泛博览，而一无所专长，虽可以到处受一班贱人的欢迎，其实也是一种废物。这一类人，也好有一比，比一张很大的薄纸，禁不起风吹雨打。

在社会上，这两种人都是没有什么大影响，为个人计，也很少乐趣。

理想中的学者，既能博大，又能精深。精深的方面，是他的专门学问。博大的方面，是他的旁搜博览。博大要几乎无所不知，精深要几乎惟他独尊，无人能及。他用他的专门学问做中心，次及于直接相关的各种学问，次及于间接相关的各种学问，次及于不很相关的各种学问，以及毫不相关的各种泛览。这样的学者，也有一比，比埃及的金字三角塔。那金字塔（据最近《东方杂志》，第二十二卷第六号，页一四七）高四百八十英尺（约146米），底边各边长七百六十四英尺（约233米）。塔的最高度代表最精深的专门学问；从此点以次递减，代表那旁收博览的各种相关或不相关的学问。塔底的面积代表博大的范围，精深的造诣，博大的同情心。这样的人，对社会是极有用的人才，对自己也能充分享受人生的趣味。宋儒程颢说的好：

须是大其心使开阔：譬如为九层之台，须大做脚始得。

博学正所以"大其心使开阔"。我曾把这番意思编成两句粗浅的口号，现在拿出来贡献给诸位朋友，作为读书的目标：

为学要如金字塔，要能广大要能高。

1925年4月18日发表
原文为《读书》，有删改

思想的方法

一个人的思想，差不多是防身的武器，可以批评什么主义，可以避免一切纷扰，我们人总以为思想只有智识阶级才有，可是这是不尽然的；有时候，思想不但普通人没有，就是学者也没有，普通人每天做事、吃饭、洗脸、漱口……都是照着习惯做去，没有思想的必要，所以不能称为有思想；就是关着窗子，闭着门户，一阵子的胡思乱想，也绝对不是思想的本义。原来思想是有条理，有系统，有方法的。

我们遇着日常习惯的事，总是马马虎虎的过去；及至有一个异于平常的困难发生，才用思想去考虑和解决。譬如学生每天从宿舍到课堂，必须经过三岔路和电车站，再走过二行绿荫荫的柳树和四层楼的红房子，然后才至课堂。这在每天来往的学生，是极平常而不注意的事；但要是一个新考进来的学生，当他到了三岔路口的辰光，一定有一个问题发生：就是在这三条路中，究竟打那一条路走能到目的地？那个时候，要解决这个困难，思想便发生了。

要管理我们的思想，照心理学上讲，须要用五种步骤：

1.困难的发生。人必须有歧路的环境或疑难问题的时候，才有思想发生。倘无困难，决不会发生思想。

2.指定困难的所在。有的困难是很容易解决的，那就没有讨论和指定困难的所在的必要。要是像医生的看病，那就是有关人命了。我们遇着一个人生病的时光，往往自己说不出病之所在；及请了医生来，他诊了脉搏，验了小便，就完了事；后来吃了几瓶药水，就能够恢复原状。他所以能够解决困难，和我们所以不能解决困难的不同点，就在能否指定和认清困难之所在罢了。

3.假设解决困难的方法。这就是所谓出主意了，像三岔路口的困难者，他有了主意，必定向电车站杨柳树那边跑。这种假说的由来，多赖平日的知识与经验。语云：

光华大学旧影。

"养兵千日，用在一朝。"我们求学亦复如此。这一步实是最重要的一步。要是在没有思想的人，他在脑袋中，东也找不到，西也找不到，虽是他在平常，能够把书本子倒背出来；可是没有观察的经验和考虑的能力，一辈子的胡思乱想，终是不能解决困难的啊。

但是也有人，因为学识太足了，经验太富了，到困难来临的时候，脑海中同时生了许多不同的解决方法；有的时候，把对的主意，给个人的感情和嗜好压了下去，把不对的主意，反而实行了。及后铸成大错，追悔莫及。所以，思想多了，一定还要用精密谨慎的方法，去选定一个最好的主意。

4.判断和选定假设之结果。假若我脑海中有了三种主意：第一主意的结果是A.B.C.D，第二主意是E.F.G，第三主意的结果是H.I，那个时候，就要考虑他三个结果的价值和利害；然后把其中最容易而准确的结果设法证明。

还有我们做事，往往用主观的态度，而不用客观的态度；这就是我们常说的"某人说话，不负责任"的解释了。

……

5.证实结果。既已择定一个解决困难的方法，再要实地实验，看他实效的如何以定是非价值。遇有事实不易在自然界发生的，则用人造成某种条件以试验之。例如欲知水是否为氢氧二元素所构成，此事在自然界不易发生，于是以人力合二原质于一处，加以热力，考察是否能成水。更以水分析之，看能否成氢氧二元素，即从效果上来证实水的成分。

从前我的父亲有一次到满洲去勘界。一天到了一个大森林，走了多天，竟迷了路；那个时候干粮也吃完了，马也疲乏了，在无可如何的时光，他爬上山顶，登高一望，只见翠绿的树叶，弥漫连续，他用来福枪放起来，再把枯树焦叶烧起来，可是等了半天，连救援人的踪影也找不到。他便着急起来了。隔一会儿，他想起从前古书里有一句话，叫做"水必出山"。他便选定了这个办法，找到了河，遵了河道，走了一日夜，竟达到了目的地。

又有一例。禅宗中有一位烧饭的，去问他的大法师道："佛法是什么？"那大法师算了半天，才回答道："上海的棉花，二个铜子一斤。"烧饭的便说道："我问你的是佛法，你答我的是棉花，这真是牛头不对马面了。"隔了三年，他到了杭州的灵隐寺去做烧饭，他又乘便问那主持的和尚道："佛法是什么？"那主持和尚道："杭州的棉花，也是二个铜子一斤。"他更莫名其妙；于是他便跑到普陀山、峨眉山……途中饱尝了饥渴盗匪之苦，问了许多和尚法师，竟没有得到一个圆满的解决。有一天，他到了一个破庙房，碰到一个老年的女丐，口中咿唔的在自语着，他在不知不解间，听得一句不相干的话，忽然间竟觉悟了世界上怎样的困难，他也就明白了"佛法是什么"。他在几十年中所怀的闷葫芦，一旦竟明白了，不是偶然的。这就是孟子所说"资之深，则取之左右逢其源"，只要把自己的思想运用，把自己的脑筋锻炼，那么，什么东西都可以迎刃而解了！

在宋朝有一个和尚，名叫法贤，人家称他做五祖大师，他最喜欢讲笑话。他讲：从前有一个贼少爷，问贼老爷道："我的年纪也大了，也不能天天玩耍了，爹爹也可以教我一点立身之道吗？"那贼老爷并不回答他，到了晚上，导他到一座高大的屋宇，进了门，便把自己身边的钥匙，开了一个很大的衣橱，让他的儿子进去，待到贼少爷跨进衣橱，贼老爷把橱门拍的关上，并且锁着；自己连喊"捉贼，捉贼"的逃了。那时候，贼少爷在衣橱里是急极了，他想，"我的爹爹叫我来偷东西，那么他为什么把我锁在里边，岂不是叫他们活剥剥地把我捉住，送我到牢狱里去，尝铁窗风味吗？"可是他继而一想，"怎么样我可以出去？"便用嘴作老鼠咬衣服的声音，吱吱的一阵乱叫，居然有人给他开门了，他便乘着这个机会，把开门的人打倒，把蜡烛吹灭，等他仆人们来追赶他，他早已一溜烟的跑回家了。他看见父亲之后，第一声便问道："你为什么把我关在橱里呢？"那贼老爷道："我先问你，你是怎样出来的？"他便把实情一五一十的讲给贼老爷听，他听了之后，眉开眼笑的说道："你也干得了！"要是这位贼少爷，在困难发生的时候，不用思想，他早已大声喊道"爹爹啊！不要关门啊"了。

我们读书不当死读，要讲合用；在书本之外，尤其要锻炼脑力，运用思想，和我的父亲，禅宗的烧饭者和贼少爷一般无二。他们是能用条理有系统有方法的思想，去解决他们的困难的。

我记得前几天有一个日本新闻记者问我："现在中国青年的思想是什么？"我便很爽快的答道："中国的青年，

是没有思想的。"这一句话，我觉得有一点武断，并且很对不起我国的青年，可是我也有不得已的苦衷。当我在北京大学教论理学的时光，我出了三个问题：

1.照你自己经验上讲，有何可称为思想的事实？

2.在福尔摩斯的侦探案中，用科学方法分析出来有何可称为思想的事实？

3.在科学发明史上，有何可称为思想的事实？

到了后来，第二第三都能回答得很对，第一问题简直回答的不满十分之二，而他们所回答的，完全是答非所问，这便因为他们平时不注意于运用思想的缘故。

1925 年 10 月 28 日

在上海光华大学讲，有删改

抛弃学问就是毁了自己

诸位毕业同学：

你们现在要离开母校了，我没有什么礼物送给你们，只好送你们一句话罢。

这一句话是："不要抛弃学问。"以前的功课也许有一大部分是为了这张毕业文凭，不得已而做的。从今以后，你们可以依自己的心愿去自由研究了。趁现在年富力强的时候，努力做一种专门学问。少年是一去不复返的，等到精力衰竭时，要做学问也来不及了。即为吃饭计，学问决不会辜负人的。吃饭而不求学问，三年五年之后，你们都要被后进少年淘汰掉的。到那时再想做点学问来补救，恐怕已经太晚了。

有人说："出去做事之后，生活问题急需解决，哪有

民国时期，学生在看书。

工夫去读书？即使要做学问，既没有图书馆，又没有实验室，那能做学问？"

我要对你们说：凡是要等到有了图书馆才读书的，有了图书馆也不肯读书。凡是要等到有了实验室方才做研究的，有了实验室也不肯做研究。你有了决心要研究一个问题，自然会撙衣节食去买书，自然会想出法子来设置仪器。

至于时间，更不成问题。达尔文一生多病，不能多做

1938年至1942年，胡适担任国民政府驻美大使时的留影。

工，每天只能做一点钟的工作。你们看他的成绩！每天花一点钟看十页有用的书，每年可看三千六百多页书；三十年读十一万页书。

诸位，十一万页书可以使你成一个学者了。可是，每天看三种小报也得费你一点钟的工夫；四圈麻将也得费你一点钟的光阴。看小报呢？还是打麻将呢？还是努力做一个学者呢？全靠你们自己的选择！

易卜生说:"你的最大责任是把你这块材料铸造成器。"

学问便是铸器的工具。抛弃了学问便是毁了你们自己。

再会了!你们的母校眼睁睁地要看你们十年之后成什么器。

1929年6月25日

中国公学十八年级毕业赠言

致儿子

——致胡祖望

祖望：

你这么小小年纪，就离开家庭，你妈和我都很难过。但我们为你想，离开家庭是最好办法。第一使你操练独立的生活；第二使你操练合群的生活；第三使你自己感觉用功的必要。

自己能照应自己，服事自己，这是独立的生活。饮食要自己照管，冷暖要自己知道。最要紧的是做事要自己负责任。你功课做得好，是你自己的光荣；你做错了事，学堂记你的过，惩罚你，是你自己的羞耻。做的好，是你自己负责任。做的不好，也是你自己负责任。这是你自己独立做人的第一天，你要凡事小心。

　　你现在要和几百人同学了，不能不想想怎么样才可以同别人合得来。人同人相处，这是合群的生活。你要做自己的事，但不可妨害别人的事。你要爱护自己，但不可妨害别人。能帮助别人，须要尽力帮助人，但不可帮助别人做坏事。如帮人作弊，帮人犯规则，都是帮人做坏事，千万不可做。

　　合群有一条基本规则，就是时时要替别人想想，时时要想想"假使我做了他，我应该怎样？""我受不了的，他受得了吗？我不愿意的，他愿意吗？"你能这么想，便是好孩子。

　　你不是笨人，功课应该做得好。但你要知道世上比你聪明的人多得很。你若不用功，成绩一定落后。功课及格，那算什么？在一班要赶在一班的最高一排。在一校要赶在一校的最高一排。功课要考最优等，品行要列最优等，做人要做最上等的人，这才是有志气的孩子。但志气要放在心里，要放在工夫里，千万不可放在嘴上，千万不可摆在脸上。无论你志气怎样高，对人切不可骄傲。无论你成绩怎么好，待人总要谦虚和气。你越谦虚和气，人家越敬你爱你。你越骄傲，人家越恨你，越瞧不起你。

儿子，你不在家中，我们时时想念你，你自己要保重身体。你是徽州人，要记得"徽州朝奉，自己保重"。

你要记得下面的几件事：

（1）不要买摊头上的食物，微生物可怕！

（2）不要喝生水冷水，微生物可怕！

（3）不要贪凉。身体受了寒冷，如同水冰了不流，如同汽车上汽油冻住了汽车便开不动。许多病是这样来的。

（4）有病赶快寻医生。头痛是发热的表示，赶快试验温度表（寒暑表），看看有无热度。

（5）两脚走路觉得吃力时，赶快请医生验看，怕是脚气病。脚气病是学堂里常有的，最可怕，最危险。

（6）学校饮食里的滋养料不够，故每日早起须吃麦精一匙。可试用麦精代替糖浆，涂在面包上吃吃看。

这几条都是要紧的，千万不要忘记。

你寄信给我们，也须编号数，用一本簿子记上，如下式：

家信　苏州第一号　〇月〇〇日寄

苏州第二号　〇月〇〇日寄

你收的家信，也记在簿上：

爸爸　苏州第一号　八月廿七日收

爸爸　苏州第二号　〇月〇〇日收

妈妈　苏州第三号　〇月〇〇日收

儿子，不要忘记我们，我们不会忘记你。努力做一个好孩子。

爸爸　十八年八月廿六
1929 年 8 月 26 日

读书的好处

......

为什么要读书？有三点可以讲：第一，因为书是过去已经知道的智识学问和经验的一种记录，我们读书便是要接受这人类的遗产；第二，为要读书而读书，读了书便可以多读书；第三，读书可以帮助我们解决困难，应付环境，并可获得思想材料的来源。我一踏进青年会的大门，就看见许多关于读书的标语。为什么读书？大概诸位看了这些标语就都已知道了，现在我就把以上三点更详细的说一说。

第一，因为书是代表人类老祖宗传给我们的智识的遗产，我们接受了这遗产，以此为基础，可以继续发荣光大，更在这基础之上，建立更高深更伟大的智识。人类之所以与别的动物不同，就是因为人有语言文字，可以把智识传给别人，又传至后人，再加以印刷术的发明，许多书报便印了出来。人的脑很大，与猴不同，人能造出语言，后米更进一步而有文字，又能刻木刻字；所以人最大的贡献就是过去的智识和经验，使后人可以节省许多脑力。

……

第二点稍复杂，就是为读书而读书。读书不是那么容易的一件事情，不读书不能读书，要能读书才能多读书。好比戴了眼镜，小的可以放大，糊涂的可以看得清楚，远的可以变为近。读书也要戴眼镜。眼镜越好，读书的了解力也越大。王安石对曾子固说："读经而已，则不足以知经。"所以他对于本草、内经、小说，无所不读，这样对于经才可以明白一些。王安石说："致其知而后读。"

请你们注意，他不说读书以致知，却说，先致知而后读书。读书固然可以扩充知识；但知识越扩充了，读书的能力也越大。这便是"为读书而读书"的意义。

试举《诗经》作一个例子。从前的学者把《诗经》看作"美""刺"的圣书，越讲越不通。现在的人应该多预备几副好眼镜——民俗学的眼镜，社会学的眼镜，人类学的眼镜，考古学的眼镜，文法学的眼镜，文学的眼镜。眼镜越多越好，越精越好。例如"野有死麕，白茅包之。有女怀春，吉士诱之"；我们若知道比较民俗学，便可以知道打了野兽送到女子家去求婚，是平常的事。……再说在《墨子》一书里，有点光学、力学；又有点逻辑、算学、几何学、经济学。但你要懂得光学，才能懂得墨子所说的光；你要懂得各种智识，才能懂得《墨子》里一些最难懂的文句。总之，读书是为了要读书，多读书更可以读书。最大的毛病就在怕读书，怕读难书。越难读的书我们越要征服它们，把它们作为我们的奴隶或向导，我们才能够打倒难书，这才是我们的"读书乐"。若是我们有了基本的科学知识，那么，我们在读书时便能左右逢源。我再说一遍，读书的目的在于读书，要读书越多才可以读书越多。

第三点，读书可以帮助解决困难，应付环境，供给思想材料。知识是思想材料的来源。思想可分作五步。思想的起源是大的疑问。吃饭拉屎不用想，但逢着三岔路口、十字街头那样的环境，就发生困难了。走东或走西，这样做或是那样做，有了困难，才有思想。第二步要把问题弄清，究竟困难在哪一点上。第三步才想到如何解决，这一步，俗话叫做出主意。但主意太多，都采用也不行，必须要挑选。但主意太少，或者竟全无主意，那就更没有办法了。第四步就是要选择一个假定的解决方法。要想到这一个方法能不能解决。若不能，那么，就换一个；若能，就行了。这好比开锁，这一个钥匙开不开，就换一个；假定是可以开的，那么，问题就解决了。第五步就是证实。凡是有条理的思想都要经过这步，或是逃不了这五个阶级。科学家要解决问题，侦探要侦探案件，多经过这五步。

……

我有一位朋友，有一次傍着灯看小说，洋灯装有油，但是不亮，因为灯芯短了。于是他想到《伊索寓言》里有一篇故事，说是一只老鸦要喝瓶中的水，因为瓶太小，得不到水，它就衔石投瓶中，水乃上来。这位朋友是懂得化学的，于是加水于灯中，油乃碰到灯芯。这是看《伊索寓言》给他看小说的帮助。读书好像用兵，养兵求其能用，否则即使坐拥十万、二十万的大兵也没有用处，难道只好等他们"兵变"吗？

至于"读什么书"，下次陈钟凡先生要讲演，今天我也附带的讲一讲。我从五岁起到了四十岁，读了三十五年的书。我可以很诚恳的说，中国旧籍是经不起读的。中国有五千年文化，四部的书已是汗牛充栋。究竟有几部书应该读，我也曾经想过。其中有条理有系统的精心结构之作，两千五百年以来恐怕只有半打。"集"是杂货店，"史"和"子"还是杂货店。至于"经"也只是杂货店。讲到内容，可以说没有一些东西可以给我们改进道德增进智识的帮助的。中国书不够读，我们要另开生路，辟殖民地，这条生路，就是每一个少年人必须至少要精通一种外国文字。读外国语要读到有乐而无苦，能做到这地步，书中便有无穷乐趣。希望大家不要怕读书，起初的确要查阅字典，但假使能下一年苦功，继续不断做去，那么，在一二年中定可开辟一个乐园，还只怕求知的欲望太大，来不及读呢。我总算是老大哥，今天我就根据我过去三十五年读书的经验，给你们这一个临别的忠告。

1930年11月下旬讲
原文为《为什么读书》，有删改

中国文化里的自由传统

各位朋友、同乡朋友：

今天我看见这么多朋友来听我说话，觉得非常感动，无论什么人，见到这样多人的欢迎，都一定会非常感动的。我应该向诸位抱歉。我本来早一个月来，因为有点小病，到今天才能来，并且很抱歉这次不能去台南、台东看看五十年前我住过的地方，只有希望等下次来时再去。万先生、游先生事先要我确定一个题目"中国文化里的自由传统"。这个题目也可改做"中国文化传统的自由主义"。"自由"这个意义，这个理想，"自由"这个名词，并不是外面来的，不是洋货，是中国古代就有的。

"自由"可说是一个倒转语法，可把它倒转回来为"由自"，就是"由于自己"，就是"由自己作主"，不受外来压迫的意思。宋朝王安石有首白话诗：

> 风吹屋顶瓦，
>
> 正打破我头。
>
> 我终不恨瓦，
>
> 此瓦不自由。[①]

这可表示古代人对于自由的意义，就是"自己作主"的意思。

二千多年有记载的历史，与三千多年所记载的历史，对于自由这种权力，自由这种意义，也可说明中国人对于自由的崇拜，与这种意义的推动。世界的自由主义运动也是爱自由，争取自由，崇拜自由。世界的历史中，对这一运动的努力与贡献，有早有晚，有多有少，但对此运动都有所贡献。中国对于言论自由、宗教自由、批评政府的自由，在历史上都有记载。

———————————

[①] 王安石的原诗是：风吹瓦堕屋，正打破我头，瓦亦自破碎，岂但我血流。我终不嗔渠，此瓦不自由。……（见《王安石集·拟寒山拾得二十首之四》）

中国从古代以来都有信仰、思想、宗教等自由，但是坐监牢而牺牲生命以争取这些自由的人，也不知有多多少少。在中国古代有一种很奇怪的制度，就是谏官制度，相当于现在的监察院。这种谏官制度，成立在中国政治思想、哲学思想之前。这种谏官为的是要监督政府、批评政府，都是冒了很大的危险，甚至坐监，牺牲生命。古时还有人借宗教来批评君主。在《孝经》中就有一章《谏诤章》，要人为"争臣""争子"。《孝经》本是教人以服从孝顺，但是君王父亲有错时，作臣子的不得不力争。古代这种谏官制度，可以说是自由主义的一种传统，就是批评政治的自由。此外，在中国古代还有一种史官，就是记载君王的行动，记载君王所行所为以留给千千万万年后的人知道。古代齐国有一个史官，为了记载事实写下"崔杼弑其君"，连父母均被君主所杀，但到了晋国，事实真相依然为史官写出，留传后世。所以古代的史官，正如现在的记者，批评政治，使为政者有所畏惧，这却充分表示言论的自由。

以上所说的一种谏官御史与史官制度，都可以说明在中国政治思想与哲学思想尚未成立时，就非常尊重批评自由与思想自由。

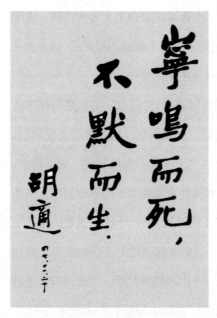

胡适手迹：宁鸣而死，不默而生。

中国思想的先锋老子与孔子，也可以说是自由主义者。老子说："民不畏死，奈何以死惧之？"孔子说："三军可夺帅也，匹夫不可夺志也。"老子所代表的"无为政治"，有人说这就是无政府主义，反对政府干涉人民，让人民自然发展，这与孔子所代表的思想都是自由主义者。孔子所说的中庸之道，实在是一个中间偏左的态度，这可从孔子批评当时为政的人的态度而知道。孔子当时提出"有教无类"，可解释为"有了教育就没有阶级，没有界限"。这与后来的科举制度，都能说明"教育的平等"。这种意见，都可以说是一种自由主义者的思想。

孟子说："民为贵，君为轻。"在二三千年前，这种思想能被提出，实在是一个重要的自由主义者的传统。孟子说："富贵不能淫，贫贱不能移，威武不能屈。"这是孟子给读书人一种宝贵的自由主义的精神。

在春秋时代，因为国家多，"自由"的思想与精神比较发达。秦朝统一以后，思想一尊，因为自由受到限制，追求自由的人，处于这"无所逃于天地之间"的环境中，要想自由实在困难，而依然有人在万难中不断追求。在东汉时，王充著过一部《论衡》，共八十篇，主要的用意可以一句说明"疾虚妄"。全书都以说老实话的态度，对当时儒教"灾异"迷信，予以严格的批评，对孔子与孟子都有所批评，可说是从帝国时代中开辟了自由批评的传统。再举一个例：在东汉到南北朝佛教极盛的时候，其中的一位君王梁武帝也迷信佛教。当时有个范缜，他著述几篇重要文章，其中一篇《神灭论》，就是驳斥当时盛行的灵魂不灭，认为"身体"与"灵魂"，有如"刀"之与"利"。假如刀不存在，则无所谓利不利。当时君王命七十位大学士反驳，君王自己也有反驳，他都不屈服，可说是一种思想自由的一个表现。再如唐朝的韩愈，他反抗当时疯狂的迷信。写了一篇《谏迎佛骨表》，痛骂当时举国为佛骨而疯狂的事，而被充军到东南边区。后又作《原道》，依然是反对佛教。在当时佛教如此极盛，他依然敢反对，这正是自由主义的精神。再以后如王阳明的批评《朱熹》，批评政治，而受到很多苦痛。清朝有"颜李学派"，反对当时皇帝提倡的"朱子学派"，都可以说明在一种极不自由的时代，而争取思想自由的例子。

在中国这二千多年的政治思想史、哲学思想史、宗教思想史中，都可以说明中国自由思想的传统。

今天已经到了一个危险的时代，已经到了"自由"与"不自由"的斗争，"容忍"与"不容忍"的斗争，今天我就中国三千多年的历史，我们老祖宗为了争政治自由、思想自由、宗教自由、批评自由的传统，介绍给各位，今后我们应该如何的为这自由传统而努力。现在竟还有人说风凉话，说"自由"是有产阶级的奢侈品，人民并不需要自由。假如有一天我们都失去了"自由"，到那时候每个人才真正会觉得自由不是奢侈品，而是必需品。

1949年3月27日

在台北中山堂演讲

什么是文学

——答钱玄同

我尝说："语言文字都是人类达意表情的工具；达意达的好，表情表的妙，便是文学。"

但是怎样才是"好"与"妙"呢？这就很难说了。我曾用最浅近的话说明如下："文学有三个要件：第一要明白清楚，第二要有力能动人，第三要美。"

因为文学不过是最能尽职的语言文字，因为文学的基本作用（职务）还是"达意表情"，故第一个条件是要把情或意，明白清楚的表出达出，使人懂得，使人容易懂得，使人决不会误解。请看下例：

蘽坞芝房，一点中池，生来易惊。笑金钗卜就，先能断决；犀珠镇后，才得和平。楼响登难，房空怯最，三斗除非借酒倾。芳名早，唤狗儿吹笛，伴取歌声。

沈忧何事牵情？悄不觉人前太息轻。怕残灯枕外，帘旌蝙拂；幽期夜半，窗户鸡鸣。愁髓频寒，回肠易碎，长是心头苦暗并。天边月，纵团圞如镜，难照分明。

这首《沁园春》是从《曝书亭集》卷二十八，页八抄出来的。你是一位大学的国文教授，你可看得懂他"咏"的是什么东西吗？若是你还看不懂，那么，他就通不过这第一场"明白"（"懂得性"）的试验。他是一种玩意儿，连"语言文字"的基本作用都够不上，那配称为"文学"！

懂得了不够，还要人不能不懂得，懂得了，还要人不能不相信，不能不感动。我要他高兴，他不能不高兴；我要他哭，他不能不哭；我要他崇拜我，他不能不崇拜我；我要他爱我，他不能不爱我。这是"有力"。这个，我可以叫他做"逼人性"。

我又举一个例：

> 血府当归生地桃，
>
> 红花甘草壳赤芍，
>
> 柴胡芎桔牛膝等，
>
> 血化下行不作劳。

这是"血府逐瘀汤"的歌诀。这一类的文字，只有
"记账"的价值，绝不能"动人"，绝没有"逼人"的力
量，故也不能算文学。大多数的中国"旧文学"，如碑版
文字，如平铺直叙的史传，都属于这一类。

> 读齐镈文，书阙乏左证。独取圣秕字，古谊藉以
> 正。亲殄称考妣，从女疑非敬。《说文》有秕字，乃
> 训祀司命。此文两皇秕，配祖义相应。幸得三代物，
> 可与洨长诤。……（李慈铭《齐子中姜镈歌》）

这一篇你（大学的国文教授）看了一定大略明白，但
他决不能感动你，决不能使你有情感上的感动。

第三是"美"。我说，孤立的美，是没有的。美就是"懂得性"（明白）与"逼人性"（有力）二者加起来自然发生的结果。例如"五月榴花照眼明"一句，何以"美"呢？美在用的是"明"字。我们读这个"明"字不能不发生一树鲜明逼人的榴花的印象。这里面含有两个分子：（1）明白清楚，（2）明白之至，有逼人而来的"力"。

再看《老残游记》的一段：

> 那南面山上，一条白光，映着月色，分外好看。一层一层的山岭，却分辨不清；又有几片白云在里面，所以分不出是云是山。及至定睛看去，方才看出那是云那是山来。虽然云是白的，山也是白的，云有亮光，山也有亮光；只因为月在云上，云在月下，所以云的亮光从背后透过来。那山却不然的：山的亮光由月光照到山上，被那山上的雪反射过来，所以光是两样了。然只稍近的地方如此。那山望东去，越望越远，天也是白的，山也是白的，云也是白的，就分辨不出来。

这一段无论是何等顽固古文家都不能不承认是"美"。美在何处呢？也只是两个分子：第一是明白清楚；第二是明白清楚之至，故有逼人而来的影像。除了这两个分子之外，还有什么孤立的"美"吗？没有了。

你看我这个界说怎样？我不承认什么"纯文"与"杂文"。无论什么文（纯文与杂文、韵文与非韵文）都可分作"文学的"与"非文学的"两项。

1920 年 10 月 14 日

怕什么真理无穷，
进一寸有一寸的欢喜。

第二章

教育的
意义

论家庭教育

唉！可怜呵！可怜我中国几万万同胞，懵懵懂懂无知无识的生在世界上，给人家瞧不起，给人家当奴才当牛马，这种种的苦趣，种种的耻辱，究竟祸根在那里？病源在那里呵？照我看起来，总归是没有家庭教育的结果罢了。

什么叫做家庭教育呢？就是一个人小的时候在家中所受的教训。列位看官，你们不听见俗语中有一句话么："山树条，从小弯"（这是我们徽州的俗语），又说道："三岁定八十。"可见一个人小的时候，最是要紧。将来成就大圣大贤英雄大豪杰，或是成就一个大奸大盗小窃偷儿，都在这"家庭教育"四个字上分别出来。儿子孙子将来或是荣宗耀祖，或是玷辱祖宗，也都在这"家庭教育"四个字上分别出来。看官要晓得这少年时代，便是一个人最要紧的关头。这家庭教育便是过这关头的令箭，所以我今天便详详细细的说一番，列位且听我道来。

我们中国古时候，最注重这家庭教育。儿子还在母亲怀中没有生下米，便要行那胎教。做母亲的，席不正不坐，行步不敢不正，不听非礼之音，不说非礼之言，这便叫做胎教。儿子生下地来，便要拣一个好的保姆，好好的教导他。做父母的，更不用说了。列位之中，大约有读过《礼记》的，你看那《礼记》上说的，六岁教他什么，七岁教他什么，八九岁教什么，到了十岁，才出来从师读书。十岁以内，便都是父母的教训，这便叫做家庭教育。看官须记清，我中国古时的人，都是受过家庭教育来的了。

看官要晓得，这家庭教育，最重要的便是母亲。因为做父亲的，断不能不出外干事，断不能常常住在家中，所以这教儿子的事情，便是那做母亲的专责了。古时的人，把娶妻的事情看得极重，女子教育还不致十分抛却，又把儿子看得极重，以为做父母的身后一切责任，都靠儿子，所以这家庭教育十分发达。只可怜一天不如一天，一朝不如一朝，女子的教育，一日不如一日，家庭教育便一日衰似一日了。做母亲的把儿子看做宝贝一般，一些也不敢得罪，吃要吃得好，穿要穿得好，做了极狡猾极凶极恶的事情，做母亲的还要说这是我儿子的才干呢！这样的事情，把做儿女的纵容得无法无天，什么事情都会干出来。有时候，父亲看了不过意，说他几句，骂他几声，做母亲的还要偏护着儿子，种种替他遮掩。唉！这便是中国国民愚到这样地位的原因。这个问题要再不改良，我们中国的人，要都变作蠢蠢的牛马了。

燕京大学门口的女学生。19世纪末20世纪初，随着女子教育理念的普及，中国一些上流阶层家庭开始主动把女儿送入女校接受教育。

现在要改良家庭教育，第一步便要广开女学堂。为什么呢？因为列位看官中，听了兄弟的话，或者有人回去要办起家庭教育来了。但是列位府上的嫂子们，未必个个都会懂得，列位要说改良，他们仍旧照老规矩，极力纵容，极力遮掩，列位又怎样奈何他呢？所以兄弟的意思，很想多开些女学堂。列位要晓得，这女学堂便是制造好母亲的大制造厂。列位要想得到好儿子，便要兴家庭教育，要兴家庭教育，便要大开女学堂，列位万不可不留意于此呵！

开女学堂的办法，或者有什么地方办不到，所以兄弟很巴望列位看官个个回去，劝劝你们的嫂子们，说儿子是一定要教训的。儿子不教训，弄坏了，将来你们老了，倚靠何人？总而言之，这家庭教育在如今，格外要紧，格外不能不办，兄弟是从来不说玩话的呵！

1908年9月6日发表

美国的妇人

去年冬季，我的朋友陶孟和先生请我吃晚饭。席上的远客，是一位美国女子，代表几家报馆，去到俄国做特别调查员的。同席的是一对英国夫妇和两对中国夫妇，我在这个"中西男女合璧"的席上，心中发生一个比较的观察。那两位中国妇人和那位英国妇人，比了那位美国女士，学问上、智识上，不见得有什么大区别。但我总觉得那位美国女子和他们绝不相同。我便问我自己道，他和他们不相同之处在那一点呢？依我看来，这个不同之点，在于他们的"人生观"有根本的差别。那三位夫人的"人生观"是一种"良妻贤母"的人生观。这位美国女子的，是一种"超于良妻贤母"的人生观。我在席上，估量这位女子，大概不过三十岁上下，却带着一种苍老的状态、倔强的精神。他的一言一动，似乎都表示这种"超于良妻贤母的人生观"；似乎都会说道："做一个良妻贤母，何尝不好？但我是堂堂的一个人，有许多该尽的责任，有许多可做的事业。何必定须做人家的良妻贤母，才算尽我的天职，才算做我的事业呢？"这就是"超于良妻贤母"的人生观。我看这一个女子单身走几万里的路，不怕辛苦，不怕危险，要想到大乱的俄国去调查俄国革命后内乱的实在情形：——这种精神，便是那"超于良妻贤母"的人生观的一种表示；便是美国妇女精神的一种代表。

这种"超于良妻贤母的人生观"，换言之，便是"自立"的观念。我并不说美国的妇人个个都不屑做良妻贤母；也并不说他们个个都想去俄国调查革命情形。我但说，依我所观察，美国的妇女，无论在何等境遇，无论做何等事业，无论已嫁未嫁，大概都存一个"自立"的心。别国的妇女大概以"良妻贤母"为目的，美国的妇女大概以"自立"为目的。"自立"的意义，只是要发展个人的才性，可以不倚赖别人，自己能独立生活，自己能替社会做事。中国古代传下来的心理，以为"妇人主中馈"；"男子治外，女子主内"；妇人称丈夫为"外子"，丈夫称妻子为"内助"。这种区别，是现代美国妇女所绝对不承认的。他们以为男女同是"人类"，都该努力做一个自由独立的"人"，没有什么内外的区别的。我的母校康南耳大学，几年前新添森林学一科，便有一个女子要求学习此科。这一科是要有实地测量的，所以到了暑假期内，有六星期的野外测量，白天上山测量，晚间睡在帐篷里，是很苦的事。这位女子也跟着去做，毫不退缩，后来居然毕业了。这是一个例。列位去年看报定知有一位美国史天孙女士在中国试演飞行机。去年在美国有一个男子飞行家，名叫 Carlstrom，从 Chicago 飞起，飞了四百五十二英里（约一千五百里），不曾中止，当时称为第一个远道飞行家。不到十几天，有一个女子，名叫 Ruth Law，偏不服气，便驾了他自己的飞行机，一气飞了六百六十八英里，便胜过那个男飞行家的成绩了。这又是一个例。我举这两个例，以表美国妇女不认男外女内的区别。男女同有在社会上谋自由独立的生活的天职。这便是美国妇女的一种特别精神。

这种精神的养成，全靠教育。美国的公立小学全是"男女共同教育"。每年约有八百万男孩子和八百万女孩

照片中的民国女学生名叫曹诚英，她是我国农学界第一位女教授。曹诚英自5岁起上私塾，16岁那年，由母亲做主许配人家，后来这桩痛苦的婚姻在其二兄的帮助下得以解脱。曹诚英身上具有胡适所说的"自立"精神。

子受这种共同教育，所发生的效果，有许多好处。女子因为常同男子在一起做事，自然脱去许多柔弱的习惯。男子因为常与女子在一堂，自然也脱去许多野蛮无礼的行为（如秽口骂人之类）。最大的好处，在于养成青年男女自治的能力。中国的习惯，男女隔绝太甚了，所以偶然男女相见，没有鉴别的眼光，没有自治的能力，最容易陷入烦恼的境地，最容易发生不道德的行为。美国的少年男女，从小受同等的教育（有几种学科稍不同），同在一个课堂读书，同在一个操场打球，有时同来同去，所以男女之间，只觉得都是同学，都是朋友，都是"人"：所以渐渐的把男女的界限都消灭了，把男女的形迹也都忘记了。这种"忘形"的男女交际，是增进青年男女自治能力的惟一方法。

……

美国妇女所做最重要的公众活动，大概属于社会改良的一方面居多。现在美国实行社会改良的事业，最重要的要算"贫民区域居留地"（Social Settlements）。这种运动的大旨，要在下等社会的区域内，设立模范的居宅，兴办演说、游戏、音乐、补习课程、医药、看护等事，要使那些下等贫民有些榜样的生活、有用的知识、正当的娱乐。这些"居留地"的运动起于英国，现在美国的各地都有这种"居留地"。提倡和办理的人，大概都是大学毕业的男女学生。其中妇女更多，更热心。美国有两处这样的"居留地"，是天下闻名的。一处在Chicago，名叫Hull House，创办的人就是上文所说的Jane Addams。这位女士办这"居留地"，办了三十多年，也不知道造就了几多贫民子女，救济了几多下等贫家。前几年有一个《独立周报》，发起一种选举，请读那报的人投票公举美国十大伟人。选出的十大伟人之中，有一个便是这位Jane Addams女士。这也可想见那位女士的声价了。还有那一处"居留地"，在纽约省，名叫Henry Street Settlement，是一位Lilian Wald女士办的。这所"居留地"初起的宗旨，在于派出许多看护妇，亲到那些极贫苦的下等人家，做那些不要钱的看病、施药、接生等事。后来范围渐渐扩充，如今这"居留地"里面，有学堂，有会场，有小戏园，有游戏场。那条亨利街本是极下等的贫民区域，自从有了这所"居留地"，真像地狱里有了一座天堂了。以上所说两所"居留地"，不过是两个最著名的榜样，略可表现美国妇女所做改良社会的实行事业。我在美国常看见有许多富家的女子，抛弃了种种贵妇人的快活生涯，到那些"居留地"去居住。那种精神，不由人赞叹崇拜。

以上所说各种活动中的美国妇女，固然也有许多是沽名钓誉的人，但是其中大多数妇女的目的只是上文所说"自立"两个字。他们的意思，似乎可分三层。第一，他们以为难道妇女便不配做这种有用的事业吗？第二，他们以为正因他们是妇女，所以最该做这种需要细心耐性的事业。第三，他们以为做这种实心实力的好事，是抬高女子地位声望的惟一妙法：即如上文所举那位Jane Addams，做了三十年的社会事业，便被国人公认为十大伟人之一；这种荣誉岂是沈佩贞一流人那种举动所能得到的吗？所以我们可说美国妇女的社会事业不但可以表示个人的"自立"精神，并且可以表示美国女界扩张女权的实行方法。

……

以上所说"美国的妇女"，不过随我个人见闻所及，略举几端，既没有"逻辑"的次序，又不能详尽。听者读者，心中必定以为我讲"美国的妇女"，单举他们的好处，不提起他们的弱点，未免太偏了。这种批评，我极承认。但我平日的主张，以为我们观风问俗的人，第一个大目的，在于懂得人家的好处。我们所该学的，也只是人家的长处。我们今日还不配批评人家的短处。不如单注意观察人家的长处在什么地方。那些外国传教的人，回到他们本国去捐钱，到处演说我们中国怎样的野蛮不开化。他们钱虽捐到了，却养成一种贱视中国人的心理。这是我所最痛恨的。我因为痛恨这种单摘人家短处的教士，所以我在美国演说中国文化，也只提出我们的长处；如今我在中国演说美国文化，也只注重他们的特别长处。

如今所讲美国妇女特别精神，只在他们的自立心，只在他们那种"超于良妻贤母人生观"。这种观念是我们中国妇女所最缺乏的观念。我们中国的姊妹们若能把这种"自立"的精神来补助我们的"倚赖"性质，若能把那种"超于良妻贤母人生观"来补助我们的"良妻贤母"观念，定可使中国女界有一点"新鲜空气"，定可使中国产出一些真能"自立"的女子。这种"自立"的精神，带有一种传染的性质。女子"自立"的精神，格外带有传染的性质。将来这种"自立"的风气，像那传染鼠疫的微生物一般，越传越远，渐渐的造成无数"自立"的男女，人人都觉得自己是堂堂地一个"人"，有该尽的义务，有可做的事业。有了这些"自立"的男女，自然产生良善的社会。良善的社会决不是如今这些互相倚赖，不能"自立"的男女所能造成的。所以我所说那种"自立"精神，初看去，似乎完全是极端的个人主义，其实是善良社会绝不可少的条件。这就是我提出这个问题的微意了。

1918年9月15日发表
在北京女子师范学校讲演，有删改

怎样做一个好学生

......

我们对于学生的希望，简单说来，只有一句话："我们希望学生从今以后要注意课堂里、自修室里、操场上、课余时间里的学生活动。只有这种学生活动是能持久又最有功效的学生运动。"

这种学生活动有三个重要部分：

学问的生活。

团体的生活。

社会服务的生活。

第一，学问的生活。这一年以来，最可使人乐观的一种好现象，就是许多学生于知识学问的兴趣渐渐增加了。新出的出版物的销数增加，可以估量学生求知识的兴趣增加。我们希望现在的学生充分发展这点新发生的兴趣，注重学问的生活。要知道社会国家的大问题决不是没有学问的人能解决的。我们说的"学问的生活"并不限于从前的背书抄讲义的生活。我们希望学生（无论中学、大学）都能注重下列的几项细目：

（1）注重外国文。现在中文的出版物，实在不够满足我们求知的欲望。求新知识的门径在于外国文。每个学生至少须要能用一种外国语看书。学外国语须要经过查生字、记生字的第一难关。千万不要怕难。若是学堂里的外国文教员确是不好，千万不要让他敷衍你们，不妨赶跑他。

（2）注重观察事实与调查事实。这是科学训练的第一步。要求学校里用实验来教授科学，自己去采集标本，自去观察调查。观察调查须要有个目的（例如本地的人口、风俗、出产、植物、鸦片烟馆等项的调查）。还要注重团体的互助、分工合作，做成有系统的报告。现在的学生天天谈"二十一条"，究竟二十一条是什么东西，有几个人说得出吗？天天谈"高徐济顺"，究竟有几个人指得出这条路在什么地方吗？这种不注重事实的习惯，是不可不打破的。打破这种习惯的唯一法子，就是养成观察调查的习惯。

（3）建设的促进学校的改良。现在的学校课程和教员一定有许多不能满足学生求学的欲望的。我们学生不要专做破坏的攻击，须要用建设的精神，促进学校的改良。与其提倡考试的废止，不如提倡考试的改良；如其攻击校长不多买博物标本，不如提倡学生自己采集标本。这种建设促进，比教育部和教育厅的命令功效大得多咧！

（4）注重自修。灌进去的知识学问，是没有多大用处的。真正可靠的学问都是从自修得来的。自修的能力，是求学问的唯一条件。不养成自修的能力，决不能求学问。自修应注重的事是：（一）看书的能力。（二）要求学校购备参考书报，如大字典、词典、重要的大部书之类。（三）结合同学多买书报，交换阅看。（四）要求教员指导自修的门径和自修的方法。

第二，团体的生活。五四运动以来，总算增加了许多的学生的团体生活的经验。但是现在的学生团体有两大缺点：（一）是内容太偏枯了。（二）是组织大不完备了。内容偏枯的补救，应注意各方面的"俱分并进"。

民国时期，燕京大学博伊德健身房里的学生。

民国时期，燕京大学合唱协会留影。

（1）学术的团体生活，如学术研究会或讲演会之类。应该注重自动的调查、报告、试验、讲演。

（2）体育的团体生活，如足球、运动会、童子军、野外幕居、假期旅行等等。

（3）游艺的团体生活，如音乐、图书、戏剧等等。

（4）社交的团体生活，如同学茶话会、家人恳亲会、同乡会等等。

（5）组织的团体生活，如本校学生会、自治会、各校联合会、学生联合总会之类。

要补救组织的不完备，应注重议会法规（Parliamentary Law）的重要条件。简单说来，至少须有下列的几个条件：

（1）法定开会人数。这是防弊的要件。

（2）动议的手续与修正议案的手续。这是会议法规里最繁难又最重要的一项。

（3）发言的顺序。这是维持秩序的要件。

（4）表决的方法。（一）须规定某种议案必须全体几分之几的可决，某种必须到会人数几分之几的可决，某种仅须过半数的可决。（二）须规定某种重要议案必须用无记名投票，某种必须用有记名投票，某种可用举手的表决。

（5）凡是代表制的联合会，无论校内校外，皆须有复决制（Referendum）。遇重大的案件，代表会议的议决案必须再经过会员的总投票，总会的议决案，必须再经过各分会的复决。

（6）议案提出后，应有规定的讨论时间，并须限制每人发言的时间与次数。

现在许多学生会的章程，只注重职员的分配，却不注重这些最紧要的条件，这是学生团体失败的一个大原因。

此外还须注意团体生活最不可少的两种精神：

（1）容纳反对党的意见。现在学生会议的会场上，对于不肯迎合群众心理的言论，往往有许多威压的表示，这是暴民专制，不是民治精神。民治主义的第一个条件，就是要使各方面的意见都可以自由发表。

（2）人人要负责任。天下有许多事，都是不肯负责任的"好人"弄坏的。好人坐在家里叹气，坏人在议场做戏，天下事所以败坏了。不肯出头负责任的人，便是团体的罪人，便不配做民治国家的国民。民治主义的第二个条件，是人人要负责任，要尊重自己的主张，要用正当的方法来传播自己的主张。

第三，社会服务的生活。学生运动是学生对于社会国家的利害发生兴趣的表示，所以各处都有平民夜学、平民讲演的发起。我们希望今后的学生继续推广这种社会服务的事业。这种事业，一来是救国的根本办法；二来是学生的现力做得到的；三来可以发展学生自己的学问与才干；四来可以训练学生待人接物的经验。我们希望学生注意以下几点：

（1）平民夜校。注重本地的需要，介绍卫生的常识、职业的常识和公民的常识。

（2）通俗讲演。现在那些"同胞快醒，国要亡了""杀卖国贼""爱国是人生的义务"等等空话的讲演，是不能持久的，说了两三遍就没有用了。我们希望学生注重科学常识的讲演、改良风俗的讲演、破除迷信的讲演。譬如你今天演说"下雨"，你不能不先研究雨是怎样来的，何以从天上下来；听的人也可以因此知道雨不是龙王菩萨洒下来的，也可以知道雨不是道士和尚求得下来的。又如你明天演说"种田何以须用石灰作肥料"，你就不能不研究石灰的化学，听的人也可以因此知道肥料的道理。这种讲演，不但于人有益，于自己也极有益。

（3）破除迷信的事业。我们希望学生不但用科学的道理来解释本地的种种迷信，并且还要实行破除迷信的事业。如求神合婚、求仙方、放焰口、风水等等迷信，都该破除。学生不来破除迷信，迷信是永远不会破除的。

（4）改良风俗的事业。我们希望学生用力去做改良风俗的事业。譬如女子缠足的，现在各处多有，学生应该组织天足会，相戒不娶小脚的女子。不能解放你的姊妹们的小脚，你就不配谈"女子解放"。又如鸦片烟与吗啡，现在各处仍旧很销行，学生应该组织调查队，或报告官府，或自动的捣毁烟间与吗啡店。你不能干涉你村上的鸦片吗啡，你也不配干预国家的大事。

以上说的是我们对于学生的希望。

……

1920年5月4日发表
原文为《我们对于学生的希望》，有删改

学生与社会

......

　　教育是给人戴一副有光的眼镜，能明白观察；不是给人穿一件锦绣的衣服，在人前夸耀。未受教育的人是近视眼，没有明白的认识，远大的视力；受了教育，就是近视眼戴了一副近视镜，眼光变了，可以看明清楚远大。学生读了书，造下学问，不是为要到他的爸爸面前，要吃肉菜，穿绸缎；是要认他爸爸认不得的，替他爸爸说明，来帮他爸爸的忙。他爸爸不知道肥料的用法，土壤的选择，他能知道，告诉他爸爸，给他爸爸制肥料，选土壤，那他家中的收获，就可以比别人家多出许多了。

　　从前的学生都喜欢戴平光的眼镜，那种平光的眼镜戴如不戴，不是教育的结果。教育是要人戴能看从前看不见，并能看人家看不见的眼镜。我说社会的改良，全靠个人，其实就是靠这些戴近视镜，能看人所看不见的个人。

从前眼镜铺不发达，配眼镜的机会少，所以近视眼，老是近视看不远。现在不然了，戴眼镜的机会容易得多了，差不多是送上门来，让你去戴。若是我们不配一副眼镜戴，那不是自弃吗？若是仅戴一副看不清、看不远的平光镜，那也是可耻的事呀。

这是一个比喻，眼镜就是知识，学生应当求知识，并应当求其所要的知识。

戴上眼镜，往往容易招人家厌恶。从前是近视眼，看不见人家脸上的麻子，戴上眼镜，看见人家脸上有麻子，就要说："你是个麻子脸。"有麻子的人，多不愿意别人说他的麻子。要听见你说他是麻子，他一定要骂你，甚而或许打你。这一改意思，就是说受过教育，就认识清社会的恶习，而发不满意的批评。这种不满意社会的批评，最容易引起社会的反感。但是人受教育，求知识，原是为发现社会的弊端，若是受了教育，而对于社会仍是处处觉得满意，那就是你的眼镜配错了光了，应该返回去审查一审查，重配一副光度合适的才好。

民国时期，女学生在布置卧室。

从前格里林因人家造的望远镜不适用，他自己造了一个扩大几百倍的望远镜，能看木星现象。他请人来看，而社会上的人反以为他是魔术迷人，骂他为怪物、革命党，几乎把他弄死。他惟其不屈不挠，不可抛弃他的学说，停止他的研究，而望远镜竟成为今日学问上、社会上重要的东西了。

总之，第一要有知识，第二要有图书。若是没有骨子便在社会上站不住。有骨子就是有奋斗精神，认为是真理，虽死不畏，都要去说去做。不以我看见我知道而已，还要使一班人都认识，都知道。由少数变为多数，由多数变为大多数，使一班人都承认这个真理。譬如现在有人反对修铁路，铁路是便利交通，有益社会的，你们应该站在房上喊叫宣传，使人人都知道修铁路的好处。若是有人厌恶你们，阻挡你们，你们就要拿出奋斗的精神，与他抵抗，非把你们的目的达到。不止你们的喊叫宣传，这种奋斗的精神，是改造社会绝不可少的。

二十年前的革命家，现在那里去了？他们的消灭不外两个原因：（1）眼镜不适用了。二十年前的康有为是一个出风头的革命家，不怕死的好汉子。现在人都笑他为守旧、老古董，都是由他不去把不适用的眼镜换一换的缘故。（2）无骨子。有一班革命家，骨子软了，人家给他些钱，或给他一个差事，教他不要干，他就不敢干了。没有一种奋斗精神，不能拿出"你不要我干，我偏要干"的决心，所以都消灭了。

我们学生应当注意的就是这两点，眼镜的光若是不对了，就去换一副对的来戴；摸着脊骨软了，要吃一点硬骨药。

……

1922年2月19日

在平民中学的演讲，有删改

慈幼的问题

我的一个朋友对我说过一句很深刻的话："你要看一个国家的文明，只消考察三件事：第一，看他们怎样待小孩子；第二，看他们怎样待女人；第三，看他们怎样利用闲暇的时间。"

这三点都很扼要，只可惜我们中国经不起这三层考察。这三点之中，无论那一点都可以宣告我们这个国家是最野蛮的国家。我们怎样待孩子？我们怎样待女人？我们怎样用我们的闲暇工夫？——凡有夸大狂的人，凡是夸大我们的精神文明的人，都不可不想想这三件事。

其余两点，现今且不谈，我们来看看我们怎样待小孩子。

从生产说起。我们到今天还把生小孩看作最污秽的事，把产妇的血污看作最不净的秽物。血污一冲，神仙也会跌下云头！这大概是野蛮时代遗传下来的迷信。但这种迷信至今还使绝大多数的人民避忌产小孩的事，所以"接生"的事至今还在绝无知识的产婆的手里，手术不精，工具不备，消毒的方法全不讲究，救急的医药全不知道。顺利的生产有时还不免危险，稍有危难的证候便是有百死而无一生。

生下来了，小孩子的卫生又从来不讲究。小孩总是跟着母亲睡，哭时便用奶头塞住嘴，再哭时便摇他，再哭时便打他。饮食从没有分量，疾病从不知隔离。有病时只会拜神许愿，求仙方，叫魂，压邪。中国小孩的长大全是靠天，只是徼幸长大，全不是人事之功。

小孩出痘出花，都没有科学的防卫。供一个"麻姑娘娘"，供一个"花姑娘娘"，避避风，忌忌口；小孩子若安全过去了，烧香谢神；小孩子若遇了危险，这便是"命中注定"！

普通人家的男孩子固然没有受良好教育的机会，女孩子便更痛苦了。女孩子到了四五岁，母亲便把她的脚裹扎起来，小孩疼得号哭叫喊，母亲也是眼泪直滴。但这是为女儿的终身打算，不可避免的，所以母亲噙着眼泪，忍着心肠，紧紧地扎缚，密密地缝起，总要使骨头扎断，血肉干枯，变成三四寸的小脚，然后父母才算尽了责任，女儿才算有了做女人的资格！

孩子到了六七岁以上，女孩子固然不用进学堂去受教育，男孩子受的教育也只是十分野蛮的教育。女孩在家里裹小脚，男孩在学堂念死书。怎么"念死书"呢？他们的文字都是死人的文字，字字句句都要翻译才能懂，有时候翻译出来还不能懂。例如《三字经》上的"苟不教"，我们小孩子念起来只当是"狗不叫"，先生却说是"倘使不教训"。又如《千字文》上的"天地玄黄，宇宙洪荒"，我从五岁时读起，现在做了十年大学教授，还不懂得这八个字究竟说的是什么话！所以叫做"念死书"。

因为念的是死书，所以要下死劲去念。我们做小孩子时候，天刚亮，便进学堂去"上早学"，空着肚子，鼓起喉咙，念三四个钟头才回去吃早饭。从天亮直到天黑，才得回家。晚上还要"念夜书"。这种生活实在太苦了，所以许多小孩子都要逃学。逃学的学生，捉回来之后，要受很严厉的责罚，轻的打手心，重的打屁股。有许多小孩子

民国时期，儿童福利计划。图为女教师与孩子们。

身体不好的，往往有被学堂磨折死的，也有得神经病终身的。

这是我们怎样待小孩子！

……

慈幼运动的中心问题是养成有现代知识训练的母亲。母亲不能慈幼，或不知怎样慈幼，则一切慈幼运动都无是处。现在的女子教育似乎很忽略这一方面，故受过中等教育的女子往往不知道怎样养育孩子。上月西湖博览会的卫生馆有一间房子墙上陈列许多产科卫生的图画和传染病的图画。我看见一些女学生进来参观，她们见了这种图画往往掩面飞跑而过。这是很可惜的。女子教育的目的固然是要养成能独立的"人"，同时也不能不养成做妻做母的知识。从前昏谬的圣贤说，"未有学养子而后嫁者也"。现在我们正要个个女子先学养子，学教子，学怎样保卫儿童的卫生，然后谈恋爱，择伴侣。故慈幼运动应该注重（甲）女学的扩充，（乙）女子教育的改善。

儿童的教育应该根据儿童生理和心理。这是慈幼运动的一个基本原则。向来的学堂完全违背儿童心理，只教儿童念死书，下死劲。近年的小学全用国语教课，减少课堂工作，增加游戏运动，固然是一大进步。但我知道各地至今还有许多小学校不肯用国语课本，或用国语课本而另加古文课本；甚至于强迫儿童在小学二三年级作文言文，这是明明违背民国十一年以来的新学制，并且根本不合儿童生理和心理。慈幼的意义是改善儿童的待遇，提高儿童的幸福。这种不合儿童生理和心理的学校，便是慈幼运动的大仇敌，因为他们的行为便是虐待儿童，增加学校生活的苦痛。他们所以敢于如此，只因为社会上许多报纸和政府的一切法令公文都还是用死文字做的，一般父兄恐怕儿女不懂古文将来谋生困难，故一些学校便迎合这种父兄心理，加添文言课本，强迫作文言文。故慈幼运动者在这个时候一面应该调查各地小学课程，禁止小学校用文言课本或用文言作文；一面还应该为减少儿童痛苦起见，努力提倡国语运动，请中央及各地方政府把一切法令公文改成国语，使顽固的父兄教员无所借口。这是慈幼运动在今日最应该做而又最容易做的事业。

1929 年 10 月发表

学术救国

今天时间很短，我不想说什么多的话。我差不多有九个月没到大学来了！现在想到欧洲去。去，实在不想回来了！能够在那面找一个地方吃饭、读书就好了。但是我的良心是不是就能准许我这样，尚无把握。那要看是那方面的良心战胜。今天我略略说几句话，就作为临别赠言吧。

去年八月的时候，我发表了一篇文章，说到救国与读书的，当时就有很多人攻击我。但是社会送给名誉与我们，我们就应该本着我们的良心、知识、道德去说话。社会送给我们的领袖的资格，是要我们在生死关头上，出来说话做事，并不是送名誉与我们，便于吃饭拿钱的。我说的话也许是不入耳之言，但你们要知道不入耳之言亦是难得的呀！

去年我说，救国不是摇旗呐喊能够行的；是要多少多少的人投身于学术事业，苦心孤诣实事求是的去努力才行。刚才加藤先生说新日本之所以成为新日本之种种事实，使我非常感动。日本很小的一个国家，现在是世界四大强国之一。这不是偶然来的，是他们一般人都尽量的吸收西洋的科学、学术才成功的。你们知道无论我们要做什么，离掉学术是不行的。

所以我主张要以人格救国，要以学术救国。今天只就第二点略为说说。

在世界混乱的时候，有少数的人，不为时势转移，从根本上去作学问，不算什么羞耻的事。"三一八"惨案过后三天，我在上海大同学院讲演，我是这个意思。今天回到大学来与你们第一次见面，我还是这个意思，要以学术救国。

这本书是法国巴士特（Pasteur）的传。是我在上海病中看的，有些地方我看了我竟哭了。

巴氏是1870年普法战争时的人。法国打败了。德国的兵开到巴黎把皇帝捉了，城也占了，订城下之盟赔款五万万。这赔款比我们的庚子赔款还要多五分之一。又割亚尔萨斯、罗林两省地方与德国，你们看当时的文学，如像莫泊桑他们的著作，就可看出法国当时几乎亡国的惨象与悲哀。巴氏在这时业已很有名了。看见法人受种种虐待，向来打仗没有被毁过科学院，这回都被毁了。他十分愤激，把德国波恩大学（Bonn）所给他的博士文凭都退还了德国。他并且作文章说："法兰西为什么会打败仗呢？那是由于法国没有人才。为什么法国没有人才呢？那是由于法国科学不行。"以前法国同德国所以未打败仗者，是由于那瓦西尔（Lauostes）一般科学家，有种种的发明足资应用。后来那瓦西尔他们被革命军杀死了。孟勒尔（Moner）将被杀之日，说："我的职务是在管理造枪，我只管枪之好坏，其他一概不问。"要科学帮助革命，革命才能成功。而这次法国竟打不胜一新造而未统一之德国，完全由于科学不进步。但二十年后，英人谓巴士特一人试验之成绩，足以还五万万赔款而有余。

巴氏试验的成绩很多，今天我举三件事来说：

第一，关于制酒的事。他研究发酵作用，以为一个东西不会无缘无故的起变化，定有微生物在其中作怪。其他如人生疮腐烂、传染病也是因微生物的关系。法国南部出

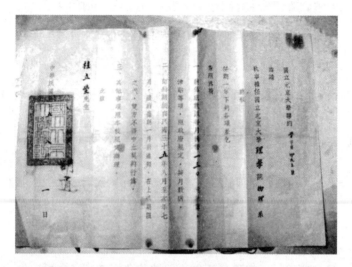

北京大学聘书，该聘书有胡适签名和国立北京大学关防钤印。

北京大学沙滩校园全景，胡适在这里工作生活了十八年。

酒，但是酒坏损失甚大。巴氏细心研究，以为这酒之所以变坏，还是因其中有微生物。何以会有微生物来呢？他说有三种：一是有空气中来的，二是自器具上来的，三是从材料上来的。他要想避免和救济这种弊病，经了许多的试验，他发明把酒拿来煮到五十度至五十五度，则不至于坏了。可是当时没有人信他的。法国海军部管辖的兵舰开到外国去，需酒甚多，时间久了，老是喝酸酒。就想把巴氏的法子来试验一下，把酒煮到五十五度，过了十个月，煮过的酒，通通是好的，香味、颜色，分外加浓。没有煮过的，全坏了。后来又载大量的煮过的酒到非洲去，也是不坏。于是法国每年之收入增加几万万。

第二，关于养蚕的事。法国蚕业每年的收入极大。但有一年起蚕子忽然发生瘟病，身上有椒斑点，损失甚大。巴氏遂去研究，研究的结果，没有什么病，是由于作蛹变蛾时生上了微生物的缘故。大家不相信。里昂曾开委员会讨论此事。巴氏寄甲、乙、丙、丁数种蚕种与委员会，并一一注明，说某种有斑点，某种有微生虫，某种当全生，某种当全死。里昂在专门委员会研究试验，果然一一与巴氏之言相符。巴氏又想出种种简单的方法，使养蚕的都买显微镜来选择蚕种。不能置显微镜的可送种到公安局去，由公安局员替他们检查。这样一来法国的蚕业大为进步，收入骤增。

第三，关于畜牧的事。法国向来重农，畜牧很盛。十九世纪里头牛羊忽然得脾瘟病，不多几天，即都出黑血而死。全国损失牛羊不计其数。巴氏以为这一定是一种病菌传入牲畜身上的缘故，遂竭力研究试验。从1877年到1881年都未找出来。当时又发生一种鸡瘟病。巴氏找出鸡瘟病的病菌，以之注入其他的鸡，则其他的鸡立得瘟病。但是这种病菌如果放置久了，则注入鸡身，就没有什么效验。他想这一定是氧气能够使病菌减少生殖的能力。并且继续研究把这病菌煮到四十二度与四十五度之间则不能生长。又如果把毒小一点的病菌注入牲畜身上，则以后遇着毒大病菌都不能为害了。因为身体内已经造成了抵抗力了。

当时很有一般学究先生们反对他，颇想使他丢一次脸，遂约集些人买了若干头牛若干头羊，请巴氏来试验。巴氏把一部分牛羊的身上注上毒小的病菌两次。第三次则全体注上有毒可以致死的病菌液。宣布凡注射三次者一个也不会死，凡只注射一次者，一个也不会活。这不啻与牛羊算命，当时很有些人笑他并且替他担忧。可是还没有到期，他的学生就写信告诉他，说他的话通通应验了，请他赶快来看。于是成千累万的人来看，来赞颂他，欢迎他，就是反对他的人亦登台宣言说十分相信他的说法。

这个发明使医学大有进步，使全世界前前后后的人都受其赐。这岂只替法还五万万的赔款？这简直不能以数目计！

他辛辛苦苦的试验四年才把这个试验出来。谓其妻曰："如果这不是法国人发明，我真会气死了。"

此人是我们的模范，这是救国。我们要知道既然在大学内作大学生，所作何事？希望我们的同学朋友注意，我们的责任是在研究学术以贡献于国家社会。

没有科学，打仗、革命都是不行的！

1926年7月讲

教育破产的救济方法还是教育

我们中国人有一种最普遍的死症，医书上还没有名字，我姑且叫他做"没有胃口"。无论什么好东西，到了我们嘴里，舌头一舔，刚觉有味，才吞下肚去，就要作呕了。胃口不好，什么美味都只能"浅尝而止"，终不能下咽，所以我们天天皱起眉头，做出苦样子来，说：没有好东西吃！这个病症，看上去很平常，其实是死症。

前些年，大家都承认中国需要科学；然而科学还没有进口，一就听见一班妄人高唱"科学破产"了；不久又听见一班妄人高唱"打倒科学"了。前些年，大家又都承认中国需要民主宪政；然而宪政还没有入门，国会只召集过一个，早就听见一班"学者"高唱"议会政治破产""民主宪政是资本主义的副产物"了。

更奇怪的是今日大家对于教育的不信任。我做小孩子的时候，常听见人说这类的话："普鲁士战胜法兰西，不在战场上而在小学校里。""英国的国旗从日出处飘到日入处，其原因要在英国学堂的足球场上去寻找。"那时的中国人真迷信教育的万能！山东有一个乞丐武训，他终身讨饭，积下钱来就去办小学堂；他开了好几个小学堂，当时全国人都知道"义丐武训"的大名。这件故事，最可以表示那个时代的人对于教育的狂热。民国初元，范源濂等人极力提倡师范教育，他们的见解虽然太偏重"普及"而忽略了"提高"的方面，然而他们还是向来迷信教育救国的一派的代表。民国六年以后，蔡元培等人注意大学教育，他们的弊病恰和前一派相反，他们用全力去做"提高"的事业，却又忽略了教育"普及"的面。无论如何，范、蔡诸人都还绝对信仰教育是救国的唯一路子。民八至民九，杜威博士在中国各地讲演新教育的原理与方法，也很引起了全国人的注意。那时阎锡山在娘子关内也正在计划山西的普及教育，太原的种种补充小学师资的速成训练班正在极热烈的猛进时期，当时到太原游览参观的人都不能不深刻的感觉山西的一班领袖对于普及教育的狂热。

曾几何时，全国人对于教育好像忽然都冷淡了！渐渐的有人厌恶教育了，渐渐的有人高喊"教育破产"了。

从狂热的迷信教育，变到冷淡的怀疑教育，这里面当然有许多复杂的原因。第一是教育界自己毁坏他们在国中的信用：自从民八"双十节"以后北京教育界抬出了"索薪"的大旗来替代了"造新文化"的运动，甚至于不恤教员罢课至一年以上以求达到索薪的目的，从此以后，我们真不能怪国人瞧不起教育界了。第二是这十年来教育的政治化，使教育变空虚了；往往学校所认为最不满意的人，可以不读书，不做学问，而仅仅靠着活动的能力取得禄位与权力；学校本身又因为政治的不安定，时时发生令人厌恶的风潮。第三，这十几年来（直到最近时期），教育行政的当局无力管理教育，就使私立中学与大学尽量的营业化；往往失业的大学生与留学生，不用什么图书仪器的设备，就可以挂起中学或大学的招牌来招收学生；野鸡学校越多，教育的信用当然越低落了。第四，这十几年来，所谓高等教育的机关，添设太快了，国内人才实在不够分配，所以大学地位与程度都降低了，这也是教育招人轻视的一个原因。第五，粗制滥造的毕业生骤然增多了，而社会上的事业不能有同样速度的发展，政府机关又不肯充分采用考试任官的方法，于是"粥少僧多"的现象就成为今日的严重问题，做父兄的，担负了十多年的教育费，眼见子弟拿着文凭寻不到饭碗，当然要埋怨教育本身的失败了。

这许多原因（当然不限于这些），我们都不否认。但我要指出，这种种原因都不够证成教育的破产。事实上，我们今日还只是刚开始试办教育，还只是刚起了一个头，离那现代国家应该有的教育真是去题万里！本来还没有"教育"可说，怎么谈得到"教育破产"？产还没有置，有什么可破？今日高唱"教育破产"的妄人，都只是害了我在上文说的"没有胃口"的病症。他们在一个时代也曾跟着别人喊着要教育，等到刚尝着教育的味儿，他们早就皱起眉头来说教育是吃不得的了！我们只能学耶稣的话来对这种人说："啊！你们这班信心浅薄的人啊！"

我要很诚恳的对全国人诉说：今日中国教育的一切毛病，都由于我们对教育太没有信心，太不注意，太不肯花钱。教育所以"破产"，都因为教育太少了，太不够了。教育的失败，正因为我们今日还不曾真正有教育。

为什么一个小学毕业的孩子不肯回到田间去帮他父母

做工呢？并不是小学教育毁了他。第一，是因为田间小孩子能读完小学的人数太少了，他觉得他进了一种特殊阶级，所以不屑种田学手艺了。第二，是因为那班种田做手艺的人也连小学都没有进过，本来也就不欢迎这个认得几担大字的小学生。第三，他的父兄花钱送他进学堂，心眼里本来也就指望他做一个特殊阶级，可以夸耀邻里，本来也就最不指望他做块"回乡豆腐干"重回到田间来。

对于这三个根本原因，一切所谓"生活教育""职业教育"，都不是有效的救济。根本的救济在于教育普及，使个个学龄儿童都得受义务的（不用父母花钱的）小学教育；使人人都感觉那一点点的小学教育并不是某种特殊阶级的表记，不过是个个"人"必需的东西——和吃饭睡觉呼吸空气一样的必需的东西。人人都受了小学教育，小学毕业生自然不会做游民了。

中学教育和大学教育的许多怪现状，也不会是教育本身的毛病，也往往是这个过渡时期（从没有教育过渡到刚开始有教育的时期）不可避免的现状。因为教育太稀有，太贵；因为小学教育太不普及，所以中等教育更成了极少数人家子弟的专有品，大学教育更不用说了。今日大多数升学的青年，不一定都是应该升学的，只因为他们的父兄有送子弟升学的财力，或者因为他们的父兄存了"将本求利"的心思勉力借贷供给他们升学的。中学毕业要贴报条向亲戚报喜，大学毕业要在祠堂前竖旗杆，这都不是今日已绝迹的事。这样稀有的宝贝（今日在初中的人数约占全国人口一千分之一；在高中的人数约占全国人口四千分之一；在专科以上学校的人数约占全国人口一万分之一！）当然要高自位置，不屑回到内地去，宁作都市的失业者而不肯做农村的导师了。

今日中等教育与高等教育所以还办不好，基本的原因还在于学生的来源太狭，在于下层的教育基础太窄太小，（十九年度全国高中普通科毕业生数不满八千人，而二十年度专科以上学校一年级新生有一万五千多人！）来学的多数是为熬资格而来，不是为求学问而来。因为要的是资格，所以只要学校肯给文凭便有学生。因为要的是资格，所以教员越不负责任，越受欢迎，而严格负责的训练管理往往反可以引起风潮；学问是可以牺牲的，资格和文凭是不可以牺牲的。

欲要救济教育的失败，根本的方法只有用全力扩大那

个下层的基础，就是要下决心在最短年限内做到初等义务
教育的普及。国家与社会在今日必须拼命扩充初等义务教
育，然后可以用助学金和免费的制度，从那绝大多数的青
年学生里，选拔那些真有求高等知识的天才的人去升学。
受教育的人多了，单有文凭上的资格就不够用了，多数人
自然会要求真正的知识与技能了。

这当然是绝大的财政负担，其经费数目的伟大可以骇
死今日中央和地方天天叫穷的财政家。但这不是绝不可能
的事。在七八年前，谁敢相信中国政府每年能担负四万万
元的军费？然而这个巨大的军费数目在今日久已是我们看
惯毫不惊讶的事实了！

所以今日最可虑的还不是没有钱，只是我们全国人对
于教育没有信心。我们今日必须坚决的信仰：五千万失学
儿童的救济比五千架飞机的功效至少要大五万倍！

1934年8月17日

做学问的真方法

......

三百年以前，培根说了句很聪明的话，他说，世上治学的人可分为三种，那就是，第一，蜘蛛式的，亦是靠自己肚子里分泌出丝来，把网做得很美很漂亮。也很有经纬，下雨点的时候，网上挂着雨丝，从侧面看过去，那种斜光也是很美。但是虽然好，那点学问却只是从他自己的肚子造出来的。第二种是蚂蚁式的，只知道集聚。这里有一颗米，把上三三两两的抬了去，死了一个苍蝇，也把它抬了去，在地洞里堆起很多东西，能消化不能消化却不管，有用没有用也是不管，这是勤力而理解不足。第三种是蜜蜂式的，这种最高，蜜蜂采了花去，更加上一度制造，取其精华而去其糟粕，是经过改造制造出新的成绩的。孔子说过，学而不思则罔，思而不学则殆。蜜蜂的方法，是又学又思，是理想的治学方法。

一个人有天才，自然能够使他的事业得到成功，然而有天才的人，却很少很少。天才不够的人，如果能用功，有方法的训练，虽然不敢说能够赶得上天才一样的成就大，而代替天才一部分，却是可以说的。至于那些各种科学上的大伟人，那差不多天才与功力相并相辅，是千万人中之一人。

现在说到本题治学，第一步，我们所需要的是工具，种田要种田的工具，作工要作工的工具，打仗要有武器，也是工具。先要把工具弄好，才能开步走。治学最重要的工具就是自己的能力，基本能力，本国的语言文字，我们可以得到本国所有的东西，外国的语言文字，我们可以从中得到外国的智识，得到过去所集聚下来的东西，完全要靠这一方面。其他就是基本智识，从中学到大学，给了我们的都是这东西，这是一把总的钥匙，尽管我们不熟练于证一个几何三角，尽管我们不能知道物理化学各个细则，但是我们要在必须要应用到的时候能够拿来用，能够对这些有理解，再其次就是设备，无论是卖田、卖地、卖首饰，我们总要把最基本的设备弄齐全，一些应用的辞典、表册、目录，是必需的，同时，治学的人差不多是穷士居多，很多的书不能都买全，所以就要知道我们周围的，代替我们设备的有些什么，比如北平的图书馆，那里边有些什么书能够被我们所应用，比方说，协和医校制备些什么专门的书籍，以及某家藏有某种不轻易得到的秘典，某处有着某种我所需要的设备，这些这些，我们都要看清楚。

　　第二步就是习惯的养成，这可以分四点来讲，第一是不要懒，无论是作工也好，种田也好，都不要懒，懒是最要不得的，学问更其如此。多用眼，不要拿人家的眼当自己的眼，多用手、耳，甚至多用自己的脚，在需要的时候，就要自己去跑一趟，必须要用自己的眼看过，自己的耳听过，自己的手摸过，甚至自己的脚走到过，这样才能称是自己的东西，才真是自己得来的。如果你要懒，那就要大懒，不要小懒，那意思就是要一劳永逸，比如说我实在懒得不得了，字典又是这样的不好查，那我就自己去作一部字典出来，那以后就可以贯彻你的懒，字典拿起来，一翻就翻着，有种种的发明的人，不是大不懒就是大懒。比方说是佛教是什么，你必须自己去翻过书，比方说我今天要跑到这里来讲讲辩证法是什么，那你一定用过眼、手、脚，把问题弄清楚，作提要作札记，这样，即使你是错误的，然而这是你的，不是别人的。第二是不苟且，上海人所谓不拆烂污。我们要一个不放过，一句不放过，一点一画不放过，在数学上一个"0"不放过。光是会用手，用脚，那是毛手毛脚没有用，勤要勤得好，不要勤得没有用。如果我有权能够命令诸位一定读那本书，我就要诸位读《巴斯德传》，他就是个苟且，他就是注意极小极小百万分千万分之一的东西。一坛酒坏了，巴斯德找出了原因是一点点小的霉菌的侵入。一次，蚕忽然都得了病，差不多就损失到二万万佛郎，那原因就是在于一点点的百万分千万分之一的一个小黄点，那是要显微镜才能看得出来的，后来找着了病，又费了几年之力，又找着了它的治法，那就是蚕吐了丝之后，变蛹、变蛾，然后蛾再生卵，就用这个蛾钉起来，弄干，拿显微镜照，如果蛾的身上发现了那种极小极小的黄点，那这个蛾所产的卵都把它烧了，就用了这个方法，省去了无数的不必要的损失，这就是一点不放过，一点不放过才能找出病源，这是真确，这是细腻。第三点就是不要轻于相信，要怀疑，要怀疑书，要怀疑人，要怀疑自己，不要轻于相信人家，"先小人而后君子"，所谓"三个不相信，出个大圣人"，我对这话非常佩服，所谓"打破砂锅问到底"，都是告诉我们要怀疑，不要太迷信了自己的手眼，要相信比我们手眼精确到一百万倍一千万倍的显微镜望远镜，不要相信蔡元培，或者相信一个胡适之，无论有怎样大的名望的人，也许有错。为什么人家说六月洗澡特别好，当铺里也要在六月六晒衣服，为什么？我们不要轻于相信有许多在我们脑子里的知识，许多小孩子时代由母亲、哥哥、姐姐，甚至老妈子、洋车夫告诉给我们的，或者是学堂里的老师，阿毛、阿狗告诉你的不一定对，王妈、李妈也不一定对，周老师、陈老师说的话也许有错，我们说"拿证据来"！鬼，我们自然不相信了，但是许多可信程度与鬼差不多的，我们还在相信，这不好。"三个不相信，出个大圣人"！这是谦卑，自以为满足了，那就不需要了，也就没有进步了，我们要有无穷尽的求知欲，要有无穷尽的虚。什么是虚？就是有空的地方，让新的东西进去。总上所说，习惯养成的大概就是如此。要有了习惯的养成，才能去做学问。

......

　　最后还要说一点，书本子的路，我现在觉得是走不通了，那只能给少数的人，作文学，作历史用的，我们现在所缺的，是动手，报纸上宣传着学校里要取消文科、法科，那不过是纸上谈兵，事实上办不到，如果能够办到，我是非常赞成，我们宁可能够打钉打铁，目不识丁，不要紧，只是在书堆里钻，在纸堆里钻，就只能作作像。我胡适之这样的考据家，一点用没有。中国学问并不是比外国人差，其实也很精密，可是中国的顾亭林等学者在那里考证音韵，为了考证古时这个字，读这个音不是读那个音，不惜举上一百六七十个例！可是外国牛顿，他们都在注意苹果掉地，在发明望远镜、显微镜，看天看地，看大看到无穷，看小也看到无穷，能和宇宙间的事物混作一片，那才是作学问的真方法。

......

1932 年 7 月 9 日

在北平青年读书互助会的演讲，有删改

智识的准备

在这个值得纪念的仪式完毕之后，你们就被列入少数特权分子之列——大学毕业生。今天并不是标示着人生一段时期的结束或完毕，而是一个新生活的开始，一个真正生活和真正充满责任的开端。

人家对你们作为大学毕业生的，总期望会与平常人有所不同，和大多数没有念过大学的人有所不同。他们预料你们言行会有怪异之处。

你们有些人或许不喜欢人家把你们视为与众不同、言行怪异的人。你们或许想要和群众混在一起，不分彼此。

让我们向你们保证，要回到群众中间，使人不分彼此，是一件容易做到的事。假如你们有这个愿望，你们随时都可以做到，你们随时都可以成为一个"好伙伴"，一个"易于相处的人",——而人们,包括你们自己,马上就会忘记你们曾经念过大学这回事。

虽然大学教育当然不该把我们造成为"势力之徒"和"古怪的人",可是我们大学毕业生一直保留一点儿与众不同的标志,却也不是一件坏事。这一点儿与众不同的标志,我相信,是任何学术机构的教育家所最希望造成的。

大学男女学生与众不同的这个标志是什么呢?多数教育家都很可能会同意的说,那是一个多少受过训练的脑筋,一个多少有规律的思想方式——这会使得,也应当使得,受大学教育的人显出有些与众不同的地方。

一个头脑受过训练的人在看一件事是用批判和客观的态度,而且也用适当的知识学问为凭依。他不容许偏见和个人的利益来影响他的判断和左右他的观点。他一直都是好奇的,但是他绝对不会轻易相信人。他并不仓卒的下结论,也不轻易的附和他人的意见,他宁愿耽搁一段时间,一直等到他有充分的时间来查事实和证据后,才下结论。

总而言之,一个受过训练的头脑,就是对于易陷人于偏见、武断和盲目接受传统与权威的陷阱,存有戒心和疑惧。同时,一个受过训练的脑筋不是消极或是毁灭性的。

他怀疑人并不是喜欢怀疑的缘故；也并不是认为"所有的话都有可疑之处，所有的判断都有虚假之处"。他之所以怀疑是为了确切相信一件事。为了要根据更坚固的证据和更健全的推理为基础，来建立或重新建立信仰。

你们四年的研究和实验工作一定教过你们独立思考、客观判断、有系统的推理和根据证据来相信某一件事的习惯。这些就是，也应当是，标示一个人是大学生的标志。就是这些特征才使你们显得"与众不同"和"怪异"，而这些特征可能会使你们不孚众望或不受欢迎，甚至为你们社会里大多数人所畏避和摒弃。

可是，这些有点令人烦恼的特点却是你们母校于你们居留在此时间中，所教导你们而为此最感觉自豪的事。这些求知习惯的训练，如果我没有判断错误的话，也就是你们在大学里有责任予以培养起来的，回家时从这个校园里所带走的，并且在你们整个一生和在你们一切各种活动中，所继续不断的实行和发展的。

伟大的英国科学家，同时也是哲学家的赫胥黎（Thomas H.Huxley）曾说过："一个人一生中最神圣的行为就是口里讲，内心深感觉到这句话：'我相信某件事是

实在的。'紧附在那个行为上的是人生存在世上一切最大
的报酬和一切最严重的责罚。"要成功的完成这一个"最
神圣的行为"，那应用在判断、思考和信仰上的思想训练
和规律是必要的。

所以在这一个值得纪念的日子，你们必须问自己的第
一个问题就是：我是否获得所期望于为一个受大学教育
的我所该有的充分知识训练吗？我的头脑是否有充分的
装备和准备来做赫胥黎所说的"一个人一生中最神圣的
行为"？

……

你们可能希望能保持精神上的平衡和宁静，能够运用
你们自己的判断，唯一的方法就是训练你们的思想，精稔
自由沉静思考的技术。使我们更充分了解智识训练的价值
和功效的就是在这智识困惑和混乱的时代。这个训练会使
我们能够找到真理——使我们获得自由的真理。

关于这种训练与技术，并没有什么神秘的地方。那就
是你们在实验室所学到的，也就是你们最优秀的教师终生
所从事的，而在你们研究论文上所教你们的方法，那就是
研究和实验的科学方法。也就是你们要学习应用于解决我

民国时期大学生进行物理实验和天文观测。

所劝你们时刻要找一两个疑难问题所用的同样方法。这个方法，如果训练得纯熟精通，使我们能在思考我们每天必须面对有关社会、经济和政治各项问题时，会更清楚，会更胜任的。

……

人类最大的谬误，就是以为社会和政治问题简单得很，所以根本不需要科学方法的严格训练，而只要根据实际经验就可以判断，就可以解决。

但是事实却是刚刚相反的。社会与政治问题是关联着千千万万人命和福利的问题。就是由于这些极具复杂性和重要性的问题是十分困难的，所以使得这些问题到今日还没有办法以准确的定量衡量方法和试验与实验的精确方法来计量。甚至以最审慎的态度和用严格的方法无法保证绝无错误。但是这些困难却省免不了我们用尽一切审慎和批判的洞察力来处理这些庞大的社会和政治问题和必要。

两千五百年前某诸侯问孔子说："一言而可以兴邦，……一言而丧邦有诸？"

想到社会与政治的问题，总会提醒我们关于向孔子请教的这两个问题，因为对社会与政治的思考必然会连带想起和计划整个国家，整个社会，或者整个世界的事。所以一切社会与政治理论在用以处理一个情况时，如果粗心大意或固守教条，严重的说来，可能有时候会促成预料不到的混乱、退步、战争和毁灭，有时就真的是一言兴邦，一言丧邦。

刚就在前天，希特勒对他的军队发出一个命令，其中说到一句话：他要决定他的国家和人民未来一千年的命运！

但希特勒先生一个人是无法以个人的思想来决定千千万万人的生死问题。你们在这里所有的人需要考虑你们即将来临的本地与全国选举中有所选择，所有的人需要对和战问题表达意见，并不决定。是的，你们也会考虑到一个情况，你们在这个情况中的思考是正确，是错误，就会影响千千万万人的福利，也可能直接

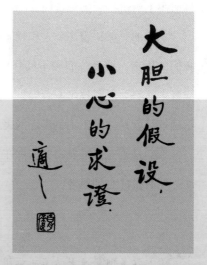

胡适手迹：大胆的假设，小心的求证。

或间接的决定未来一千年世界与其文化的命运！

所以为少数特权阶级的我们大学男女，严肃的和胜任的把自己准备好，以便像在今日的这个时代，这个世界，每日从事思考和判断，把我们自己训练好，以便作有责任心的思考，乃是我们神圣的任务。

有责任心的思考至少含着三个主要的要求：第一，把我们的事实加以证明，把证据加以考查；第二，如有差错，谦虚的承认错误，慎防偏见和武断；第三，愿意尽量彻底获致一切会随着我们观点和理论而来的可能后果，并且道德上对这些后果负责任。

怠惰的思考，容许个人和党团的因素不知不觉的影响我们的思考，接受陈腐和不加分析的思想为思考之前提，或者未能努力以获致可能后果，来试验一个人的思想是否正确等等就是知识上不负责任的表现。

你们是否充分准备来做这件在你们一生中最神圣的行动——有责任心的思考？

1941 年 6 月

在美国普渡大学毕业典礼上的演讲，有删改

真正的道德教育

......

　　西洋论道德的，还有一个很严的区别，就是责任心和兴趣的区别。偏重责任心的人，说你"应该"如此做。不管你是否愿意，你总得如此做。中国的董仲舒和德国的康德都是这一类。还有一班人偏重兴趣一方面，说我高兴这样做，我爱这样做。孔子说的"知之者不如好之者，好之者不如乐之者"，便是这个意思。有许多哲学家把"兴趣"看错了，以为兴趣即是自私自利的表示，若跟着"兴趣"做去，必致于偏向自私自利的行为。这派哲学家因此便把兴趣和责任心看作两件绝对相反的东西。所以学校中的道德教育只是要学生脑子里记得许多"应该"做的事，或是用种种外面的奖赏刑罚之类，去监督学生的行为。这种方法，杜威极不赞成。杜威以为责任和兴趣并不是反对的。兴趣并不是自私自利，不过是把我自己和所做的事看作一件事；换句话说，兴趣即是把所做的事认作我自己的活动的一部分。譬如一个医生，当鼠疫盛行的时候，他不顾传染的危险，亲自天天到疫区去医病救人。我们一定说他很有责任心。其实他只不过觉得这种事业是他自己的活动的一部分，所以冒险做去。他若没有这种兴趣，若不能在这种冒险救人的事业里面寻出兴趣，那就随书上怎么把责任心说得天花乱坠，他决不肯去做。如此看来，真正责任心只是一种兴趣。杜威说，"责任"（Duty）古义本是"职务"（Office），只是"执事者各司其事"。兴趣即是把所要做的事认作自己的事。仔细看来，兴趣不但和责任心没有冲突，并且可以补助责任心。没有兴趣的责任，如囚犯做苦工，决不能真有责任心。况且责任是死的，兴趣是活的。兴趣的发生，即是新能力发生的表示，即是新活动的起点。即如上文所说的医生，他初行医的时候，他的责任只在替人医病，并不会想到鼠疫的事。后来鼠疫发生了，他若是觉得他的兴趣只在平常的医病，他决不会去冒险做疫区救济的事。他所以肯冒传染的危险，正为他此时发生一种新兴趣，把疫区的治疗认作他的事业的一部分，故疫区的危险都不怕了。学校中的德育也是如此。学生对于所做的功课毫无兴趣，怪不得要出去打牌吃酒去了。若是学校的生活能使学生天天发生新兴趣，他自然不想做不道德的事了。这才是真正的道德教育。社会上的道德教育，也是如此。商店的伙计，工厂的工人，一天做十五六点钟的苦工，做得头昏脑闷，毫无兴趣，他们自然要想出

胡适、陶行知、蒋梦麟与杜威夫妇合影。杜威是美国哲学家、教育家，胡适、陶行知、郭秉文、张伯苓、蒋梦麟等均曾在美国哥伦比亚大学留学时当过杜威的学生。杜威的教育思想曾对20世纪上半叶的中国教育界、思想界发生过重大影响。

去干点不正当的娱乐。圣人的教训，宗教的戒律，到此全归无用。所以现在西洋的新实业家，一方面减少工作的时间，增加工作的报酬，一方面在工厂里或公司里设立种种正当的游戏，使做工的人都觉得所做的事是有趣味的事。有了这种兴趣，不但做事更肯尽职，并且不要去寻那不正当的娱乐了。所以真正的道德教育在于使人对于正当的生活发生兴趣，在于养成对于所做的事发生兴趣的习惯。

……

1919年春间演稿，7月1日改定稿
原文为《行为道德种种》，有删改

做学问要在不疑处有疑，

做人要在有疑处不疑。

第三章

我们来聊聊人生

人生有何意义

一、答某君书

……我细读来书，终觉得你不免作茧自缚。你自己去寻出一个本不成问题的问题，"人生有何意义？"其实这个问题是容易解答的。人生的意义全是各人自己寻出来、造出来的：高尚、卑劣、清贵、污浊、有用、无用……全靠自己的作为。生命本身不过是一件生物学的事实，有什么意义可说？生一个人与一只猫、一只狗，有什么分别？人生的意义不在于何以有生，而在于自己怎样生活。

你若情愿把这六尺之躯葬送在白昼作梦之上，那就是你这一生的意义。你若发愤振作起来，决心去寻求生命的意义，去创造自己的生命的意义，那么，你活一日便有一日的意义，作一事便添一事的意义，生命无穷，生命的意义也无穷了。

总之，生命本没有意义，你要能给他什么意义，他就有什么意义。与其终日冥想人生有何意义，不如试用此生作点有意义的事……

作于1928年1月27日

二、为人写扇子的话

知世如梦无所求，无所求心普空寂。

还似梦中随梦境，成就河沙梦功德。

王荆公小诗一首，真是有得于佛法的话。认得人生如梦，故无所求。但无所求不是无为。人生固然不过一梦，但一生只有这一场做梦的机会，岂可不努力做一个轰轰烈烈像个样子的梦？岂可糊糊涂涂懵懵懂懂混过这几十年吗？

作于1929年5月13日

新的人生观

......

总而言之，我们以后的作战计划是宣传我们的新信仰，是宣传我们信仰的新人生观（我所谓"人生观"，依唐擘黄先生的界说，包括吴稚晖先生所谓"宇宙观"）。这个新人生观的大旨，吴稚晖先生已宣布过了。我们总括他的大意，加上一点扩充和补充，在这里再提出这个新人生观的轮廓：

（1）根据于天文学和物理学的知识，叫人知道空间的无穷之大。

（2）根据于地质学及古生物学的知识，叫人知道时间的无穷之长。

（3）根据于一切科学，叫人知道宇宙及其中万物的运行变迁皆是自然的——自己如此的——正用不着什么超自然的主宰或造物者。

（4）根据于生物的科学的知识，叫人知道生物界的生存竞争的浪费与惨酷，——因此，叫人更可以明白那"有好生之德"的主宰的假设是不能成立的。

（5）根据于生物学、生理学、心理学的知识，叫人知道人不过是动物的一种，他和别种动物只有程度的差异，并无种类的区别。

（6）根据于生物的科学及人类学、人种学、社会学的知识，叫人知道生物及人类社会演进的历史和演进的原因。

（7）根据于生物的及心理的科学，叫人知道一切心理的现象都是有因的。

（8）根据于生物学及社会学的知识，叫人知道道德礼教是变迁的，而变迁的原因都是可以用科学方法寻求出来的。

（9）根据于新的物理化学的知识，叫人知道物质不是死的，是活的；不是静的，是动的。

（10）根据于生物学及社会学的知识，叫人知道个人——"小我"——是要死灭的，而人类——"大我"——是不死的，不朽的；叫人知道"为全种万世而生活"就是宗教，就是最高的宗教；而那些替个人谋死后的"天堂""净土"的宗教，乃是自私自利的宗教。

这种新人生观是建筑在二三百年的科学常识之上的一个大假设，我们也许可以给他加上"科学的人生观"的尊号。但为避免无谓的争论起见，我主张叫他做"自然主义的人生观"。

在那个自然主义的宇宙里，在那无穷之大的空间里，在那无穷之长的时间里，这个平均高五尺六寸，上寿不过百年的两手动物——人——真是一个藐乎其小的微生物了。在那个自然主义的宇宙里，天行是有常度的，物变是有自然法则的，因果的大法支配着他——人——的一切生活，生存竞争的惨剧鞭策着他的一切行为——这个两手动物的自由真是很有限的了。然而那个自然主义的宇宙里的这个渺小的两手动物却也有他的相当的地位和相当的价值。他用的两手和一个大脑，居然能做出许多器具，想出许多方法，造成一点文化。他不但驯伏了许多禽兽，他还能考究宇宙间的自然法则，利用这些法则来驾驭天行，到现在他居然能叫电气给他赶车，以太给他送信了。他的智慧的长进就是他的能力的增加；然而智慧的长进却又使他的胸襟扩大，想象力提高。他也曾拜物拜畜生，也曾怕神怕鬼，但他现在渐渐脱离了这种种幼稚的时期，他现在渐渐明白：空间之大只增加他对于宇宙的美感；时间之长只使他格外明了祖宗创业之艰难；天行之有常只增加他制裁自然界的能力。甚至于因果律的笼罩一切，也并不见得束缚他的自由，因为因果律的作用一方面使他可以由因求果，由果推因，解释过去，预测未来；一方面又使他可以运用他的智慧，创造新因以求新果。甚至于生存竞争的观念也并不见得就使他成为一个冷酷无情的畜生，也许还可以格外增加他对于同类的同情心，格外使他深信互助的重要，格外使他注重人为的努力以减免天然竞争的惨酷与浪费。——总而言之，这个自然主义的人生观里，未尝没有美，未尝没有诗意，未尝没有道德的责任，未尝没有充分运用"创造的智慧"的机会。

我这样粗枝大叶的叙述，定然不能使信仰的读者满意，或使不信仰的读者心服。这个新人生观的满意的叙述与发挥，那正是这本书和这篇序所期望能引起的。

1923 年 11 月 29 日

原文为《科学与人生观》序，有删改

我对孩子的期望

——《答汪长禄书》

前天同太虚和尚谈论，我得益不少。别后又承先生给我这封很诚恳的信，感谢之至。

"父母于子无恩"的话，从王充、孔融以来，也很久了。从前有人说我曾提倡这话，我实在不能承认。直到今年我自己生了一个儿子，我才想到这个问题上去。我想这个孩子自己并不曾自由主张要生在我家，我们做父母的不曾得他的同意，就糊里糊涂的给了他一条生命。况且我们也并不曾有意送给他这条生命。我们既无意，如何能居功，如何能自以为有恩于他？他既无意求生，我们生了他，我们对他只有抱歉，更不能"市恩"了。我们糊里糊涂的替社会上添了一个人，这个人将来一生的苦乐祸福，这个人将来在社会上的功罪，我们应该负一部分的责任。说得偏激一点，我们生一个儿子，就好比替他种下了祸根，又替社会种下了祸根。他也许养成坏习惯，做一个短命浪子；他也许更堕落下去，做一个军阀派的走狗。所以我们"教他养他"，只是我们自己减轻罪过的法子，只是我们种下祸根之后自己补过弥缝的法子。这可以说是恩典吗？

我所说的，是从做父母的一方面设想的，是从我个人对于我自己的儿子设想的，所以我的题目是"我的儿子"。我的意思是要我这个儿子晓得我对他只有抱歉，决不居功，决不市恩。至于我的儿子将来怎样待我，那是他自己的事。我决不期望他报答我的恩，因为我已宣言无恩于他。

先生说我把一般做儿子的抬举起来，看做一个"白吃不还账"的主顾。这是先生误会我的地方。我的意思恰同这个相反。我想把一般做父母的抬高起来，叫他们不要把自己看做一种"放高利债"的债主。

先生又怪我把"孝"字驱逐出境。我要问先生，现在"孝子"两个字究竟还有什么意义？现在的人死了父母都称"孝子"。孝子就是居父母丧的儿子（古书称为"主

1936年，胡适亲笔题字送给杜威的家庭照。坐者为胡适的妻子江冬秀，立者从左至右为胡适长子胡祖望、胡适、胡适次子胡思杜。

人"），无论怎样忤逆不孝的人，一穿上麻衣，带上高粱
冠，拿着哭丧棒，人家就称他做"孝子"。

我的意思以为古人把一切做人的道理包在"孝"字
里，故战阵无勇，莅官不敬等等都是不孝。这种学说，先
生也承认他流弊百出。所以我要我的儿子做一个堂堂的
人，不要他做我的孝顺儿子。我的意想以为"一个堂堂的
人"决不致于做打爹骂娘的事，决不致于对他的父母毫无
感情。

但是我不赞成把"儿子孝顺父母"列为一种"信
条"。易卜生的《群鬼》里有一段话很可研究（《新潮》
第五号页八五一）：

（孟代牧师）你忘了没有，一个孩子应该爱敬他
的父母？

（阿尔文夫人）我们不要讲得这样宽泛。应该说：
"欧士华应该爱敬阿尔文先生（欧士华之父）吗？"

这是说，"一个孩子应该爱敬他的父母"是耶教一种
信条，但是有时未必适用。即如阿尔文一生纵淫，死于花

柳毒，还把遗毒传给他的儿子欧士华，后来欧士华毒发而死。请问欧士华应该孝顺阿尔文吗？若照中国古代的伦理观念自然不成问题。但是在今日可不能不成问题了。假如我染着花柳毒，生下儿子又聋又瞎，终身残废，他应该爱敬我吗？又假如我把我的儿子应得的遗产都拿去赌输了，使他衣食不能完全，教育不能得着，他应该爱敬我吗？又假如我卖国卖主义，做了一国一世的大罪人，他应该爱敬我吗？

至于先生说的，恐怕有人扯起幌子，说，"胡先生教我做一个堂堂的人，万不可做父母的孝顺儿子"。这是他自己错了。我的诗是发表我生平第一次做老子的感想，我并不曾教训人家的儿子！

总之，我只说了我自己承认对儿子无恩，至于儿子将来对我作何感想，那是他自己的事，我不管了。

先生又要我做"我的父母"的诗。我对于这个题目，也曾有诗，载在《每周评论》第一期和《新潮》第二期里。

1919 年 8 月 10 日至 17 日发表

原文为《"我的儿子"》中一篇

我梦想一个理想的牢狱

问题：

先生个人的生活中有什么梦想？（这梦想当然不一定是能实现的）

我梦想一个理想的牢狱，我在那里面受十年或十五年的监禁。在那里面，我不许见客，不许见亲属，只有星期日可以会见他们。可是我可以读书，可以向外面各图书馆借书进来看，可以把我自己的藏书搬一部分进来用。我可以有纸墨笔砚，每天可以做八小时的读书著述工作。每天有人监督我做一点钟的体操，或一两点钟的室外手工，如锄地、扫园子、种花、挑水一类的工作。

胡适读书照。胡适热爱读书，热爱学术，一生的学术活动主要在史学、文学和哲学几个方面，主要著作有《中国哲学史大纲》(上卷)、《尝试集》、《白话文学史》(上卷)和《胡适文存》等。

　　我想，如果我有这样十年或十五年的梦想生活，我可以把我能做的工作全部都做出，岂不快哉！

1932年《东方杂志》
答记者，有删改

赠与今年的大学毕业生

这一两个星期里，各地的大学都有毕业的班次，都有很多的毕业生离开学校去开始他们的成人事业。学生的生活是一种享有特殊优待的生活，不妨幼稚一点，不妨吵吵闹闹，社会都能纵容他们，不肯严格的要他们负行为的责任。现在他们要撑起自己的肩膀来挑他们自己的担子了。在这个困难最紧急的年头，他们的担子真不轻！我们祝他们的成功，同时也不忍不依据我们自己的经验，赠与他们几句送行的赠言——虽未必是救命毫毛，也许作个防身的锦囊罢！

你们毕业之后，可走的路不出这几条：绝少数的人还可以在国内或国外的研究院继续作学术研究；少数的人可以寻着相当的职业；此外还有做官、办党、革命三条路；

此外就是在家享福或者失业闲居了。第一条继续求学之路，我们可以不讨论。走其余几条路的人，都不能没有堕落的危险。堕落的方式很多，总括起来，约有这两大类：

第一是容易抛弃学生时代的求知识的欲望。你们到了实际社会里，往往所用非所学，往往所学全无用处，往往可以完全用不着学问，而一样可以胡乱混饭吃，混官做。在这种环境里，即使向来抱有求知识学问的决心的人，也不免心灰意懒，把求知的欲望渐渐冷淡下去。况且学问是要有相当的设备的。书籍、试验室、师友的切磋指导、闲暇的工夫，都不是一个平常要糊口养家的人所能容易办到的。没有做学问的环境，又谁能怪我们抛弃学问呢？

第二是容易抛弃学生时代的理想的人生的追求。少年人初次与冷酷的社会接触，容易感觉理想与事实相去太远，容易发生悲观和失望。多年怀抱的人生理想，改造的热诚，奋斗的勇气，到此时候，好像全不是那么一回事。渺小的个人在那强烈的社会炉火里，往往经不起长时期的烤炼就熔化了，一点高尚的理想不久就幻灭了。抱着改造社会的梦想而来，往往是弃甲曳兵而走，或者做了恶势力的俘虏。你在那俘虏牢狱里，回想那少年气壮时代的种种理想主义，好像都成了自误误人的迷梦！从此以后，你就甘心放弃理想人生的追求，甘心做现成社会的顺民了。

要防御这两方面的堕落，一面要保持我们求知识的欲望，一面要保持我们对丁理想人生的追求。有什么好法子呢？依我个人的观察和经验，有三种防身的药方是值得一试的。

第一个方子只有一句话："总得时时寻一两个值得研究的问题！"问题是知识学问的老祖宗；古今来一切知识的产生与积聚，都是因为要解答问题，——要解答实用上的困难或理论上的疑难。所谓"为知识而求知识"，其实也只是一种好奇心追求某种问题的解答，不过因为那种问题的性质不必是直接应用的，人们就觉得这是"无所为"的求知识了。我们出学校之后，离开了做学问的环境，如果没有一个两个值得解答的疑难问题在脑子里盘旋，就很难继续保持追求学问的热心。可是，如果你有了一个真有趣的问题天天逗你去想他，天天引诱你去解决他，天天对你挑衅笑你无可奈何他——这时候，你就会同恋爱一个女子发了疯一样，坐也坐不下，睡也睡不安，没工夫也得偷出工夫去陪她；没钱也得搏衣节食去巴结她。没有书，你自会变卖家私去买书；没有仪器，你自会典押衣服去置办仪器；没有师友，你自会不远千里去寻师访友。你只要能时时有疑难问题来逼你用脑子，你自然会保持发展你对学问的兴趣，即使在最贫乏的智识环境中，你也会慢慢的聚起一个小图书馆来，或者设置起一所小试验室来。所以我说：第一要寻问题。脑子里没有问题之日，就是你的智识生活寿终正寝之时！古人说，"待文王而兴者，凡民也。若夫豪杰之士，虽无文王犹兴。"试想葛理略（Galileo）和牛敦（Newton）有多少藏书？有多少仪器？他们不过是有问题而已。有了问题而后，他们自会造出仪器来解答他们的问题。没有问题的人们，关在图书馆里也不会用书，锁在试验室里也不会有什么发现。

第二个方子也只有一句话："总得多发展一点非职业的兴趣。"离开学校之后，大家总得寻个吃饭的职业。可是你寻得的职业未必就是你所学的，或者未必是你所心喜的，或者是你所学而实在和你的性情不相近的。在这种状况之下，工作就往往成了苦工，就不感觉兴趣了。为糊口而作那种非"性之所近而力之所能勉"的工作，就很难保持求知的兴趣和生活的思想主义。最好的救济方法只有多多发展职业以外的正当兴趣与活动。一个人应该有他的职业，又应该有他的非职业的顽艺儿，可以叫做业余活动。凡一个人用他的闲暇来做的事业，都是他的业余活动。往往他的业余活动比他的职业还更重要，因为一个人的前程往往全靠他怎样用他的闲暇时间。他用他的闲暇来打麻将，他就成个赌徒；你用你的闲暇来做社会服务，你也许成个社会改革者；或者你用你的闲暇去研究历史，你也许成个史学家。

你的闲暇往往定你的终身。英国十九世纪的两个哲人，弥儿（J.S.Mill）终身做东印度公司的秘书，然而他的业余工作使他在哲学上、经济学上、政治思想史上都占一个很高的位置；斯宾塞（Spencer）是一个测量工程师，然而他的业余工作使他成为前世纪晚期世界思想界的一个重镇。

古来成大学问的人，几乎没有一个不是善用他的闲暇时间的。特别在这个组织不健全的中国社会，职业不容易适合我们性情，我们要想生活不苦痛或不堕落，只有多方发展业余的兴趣，使我们的精神有所寄托，使我们的剩余精力有所施展。有了这种心爱的玩意儿，你就做六个钟头

胡适在演讲。胡适自己曾说："为着演讲，我还要时常缺课。但是我乐此不疲，这一兴趣对我真是历四五十年而不衰。"

的抹桌子工夫也不会感觉烦闷了，因为你知道，抹了六点钟的桌子之后，你可以回家去做你的化学研究，或画完你的大幅山水，或写你的小说戏曲，或继续你的历史考据，或做你的社会改革事业。你有了这种称心如意的活动，生活就不枯寂了，精神也就不会烦闷了。

第三个方子也只有一句话："你总得有一点信心。"我们生当这个不幸的时代，眼中所见，耳中所闻，无非是叫我们悲观失望的。特别是在这个年头毕业的你们，眼见自己的国家民族沉沦到这步田地，眼看世界只是强权的世界，望极天边好像看不见一线的光明——在这个年头不发狂自杀，已算是万幸了，怎么还能够希望保持一点内心的镇定和理想的信任呢？

我要对你们说：这时候正是我们要培养我们的信心的时候！只要我们有信心，我们还有救。古人说："信心（Faith）可以移山。"又说："只要工夫深，生铁磨成绣花针。"

你不信吗？当拿破仑的军队征服普鲁士占据柏林的时候，有一位穷教授叫做菲希特（Fichte）的天天在讲堂上劝他的国人要有信心，要信仰他们的民族是有世界的特殊使命的，是必定要复兴的。菲希特死的时候（1814年），谁也不能预料德意志统一帝国何时可以实现。然而不满五十年，新的统一的德意志帝国居然实现了。

一个国家的强弱盛衰，都不是偶然的，都不能逃出因果的铁律的。我们今日所受的苦痛和耻辱，都只是过去种种恶因种下的恶果。我们要收将来的善果，必须努力种现在的新因。一粒一粒的种，必有满仓满屋的收，这是我们今日该有的信心。

我们要深信：今日的失败，都由于过去的不努力。

我们要深信：今日的努力，必定有将来的大收成。

……

朋友们，在你最悲观最失望的时候，那正是你必须鼓起坚强的信心的时候。你要深信：天下没有白费的努力。成功不必在我，而功力必不唐捐。

> 1932年6月27日
> 在北京大学毕业典礼上的演讲，有删改

青年人的苦闷

今年6月2日早晨，一个北京大学一年级学生，在悲观与烦闷之中，写了一封很沉痛的信给我。这封信使我很感动，所以我在那个6月2日的半夜后写了一封一千多字的信回答他。

我觉得这个青年学生诉说他的苦闷不仅是他一个人感受的苦闷，他要解答的问题也不仅是他一个人要问的问题。今日无数青年都感觉大同小异的苦痛与烦闷，我们必须充分了解这件绝不容讳饰的事实，我们必须帮助青年人解答他们渴望解答的问题。

这个北大一年级学生来信里有这一段话：

生自小学毕业到中学，过了八年沦陷生活，苦闷万分，夜中偷听后方消息，日夜企盼祖国胜利，在深夜时暗自流泪，自恨不能为祖国做事。对蒋主席之崇拜，无法形容。但胜利后，我们接收大员及政府所表现的，实在太不像话。……生从沦陷起对政府所怀各种希望完全变成失望，且曾一度悲观到萌自杀的念头。……自四月下旬物价暴涨，同时内战更打的起劲。生亲眼见到同胞受饥饿而自杀，以及内战的惨酷，联想到祖国的今后前途，不禁悲从中来，原因是生受过敌人压迫，实再怕做第二次亡国奴！……我伤心，我悲哀，同时绝望——在绝望的最后几分钟，问您几个问题。

他问了我七个问题，我现在挑出这三个：

一、国家是否有救？救的方法如何？

二、国家前途是否绝望？若有希望，在那里？请具体示知。

三、青年人将苦闷死了，如何发泄？

以上我摘抄这个青年朋友的话，以下是我答复他的话的大致，加上我自己修改引申的话。这都是我心里要对一切苦闷青年说的老实话。

我们今日所受的苦痛，都是我们这个民族努力不够的当然结果。我们事事不如人：科学不如人，工业生产不如人，教育不如人，知识水准不如人，社会政治组织不如人，所以我们经过了八年的苦战，大破坏之后，恢复很不容易。人家送兵船给我们，我们没有技术人才去驾驶。人家送工厂给我们——如胜利之后敌人留下了多少大工厂——而我们没有技术人才去接收使用，继续生产，所以许多烟囱不冒烟了，机器上了锈，无数老百姓失业了！

青年人的苦闷失望——其实岂但青年人苦闷失望吗？——最大原因都是因为我们前几年太乐观了，大家都梦想"天亮"，都梦想一旦天亮之后就会"天朗气清，惠风和畅"，有好日子过了！

这种过度的乐观是今日一切苦闷悲观的主要心理因素。大家在那"夜中偷听后方消息，日夜企盼祖国胜利"的心境里，当然不会想到战争是比较容易的事，而和平善后是最困难的事。在胜利的初期，国家的地位忽然抬高了，从一个垂亡的国家一跳就成了世界上第四强国了！大家在那狂喜的心境里，更不肯去想想坐稳那世界第四把交椅是多大困难的事业。天下哪有科学落后，工业生产落后，政治经济社会组织事事落后的国家可以坐享世界第四强国的福分！

　　试看世界的几个先进国家，战胜之后，至今都还不能享受和平的清福，都还免不了饥饿的恐慌。美国是唯一的例外。前年11月我到英国，住在伦敦第一等旅馆里，整整三个星期，没有看见一个鸡蛋！我到英国公教人员家去，很少人家有一盒火柴，却只用小木片向炉上点火供客。大多数人的衣服都是旧的补丁的。试想英国在三十年前多么威风！在第二次大战之中，英国人一面咬牙苦战，一面都明白战胜之后英国的殖民地必须丢去一大半，英国必须降为二等大国，英国人民必须吃大苦痛。但英国人的知识水准高，大家绝不悲观，都能明白战后恢复工作的巨大与艰难，必须靠大家束紧裤带，挺起脊梁，埋头苦干。

　　我们中国今日无数人的苦闷悲观，都由于当年期望太奢而努力不够。我们在今日必须深刻的了解：和平善后要比八年抗战困难的多多。大战时须要吃苦努力，胜利之后

1941年，胡适（中）向罗斯福总统（左）说明中美友好万人签名的文件。1937年9月至1942年9月，胡适先是受命往欧美游说，接着接任驻美大使，凭借其在西方享有的声望，游说于英美等国，滔滔雄辩，顺利地完成外交使命。

更要吃苦努力，才可以希望在十年二十年之中做到一点复兴的成绩。

国家当然有救，国家的前途当然不绝望。这一次日本的全面侵略，中国确有亡国的危险。我们居然得救了。现存的几个强国，除了一个国家还不能使我们完全放心之外，都绝对没有侵略我们的企图。我们的将来全靠我们自己今后如何努力。

正因为我们今日的种种苦痛都是从前努力不够的结果，所以我们将来的恢复与兴盛决没有捷径，只有努力工作一条窄路，一点一滴的努力，一寸一尺的改善。

悲观是不能救国的，呐喊是不能救国的，口号标语是不能救国的，责人而自己不努力是不能救国的。

我在二十多年前最爱引易卜生对他的青年朋友说的一句话："你要想有益于社会，最好的法子莫如把自己这块材料铸造成器。"我现在还要把这句话送给一切悲观苦闷的青年朋友。社会国家需要你们做最大的努力，所以你们必须先把自己这块材料铸造成有用的东西，方才有资格为社会国家努力。

今年4月16日，美国南加罗林那州的州议会举行了一个很隆重的典礼，悬挂本州最有名的公民巴鲁克（Bernard M.Baruch）的画像在州议会的壁上，请巴鲁克先生自己来演说。巴鲁克先生今年七十七岁了，是个犹太种的美国大名人。当第一次世界大战时，威尔逊总统的国防顾问，是原料委员会的主任，后来专管战时工业原料。巴黎和会时，他是威尔逊的经济顾问。当第二次世界大战时，他是战时动员总署的专家顾问，是罗斯福总统特派的人造橡皮研究委员会的主任。战争结束后，他是总统特任的原子能管理委员会的主席。他是两次世界大战都曾出大力有大功的一个公民。

这一天，这位七十七岁的巴鲁克先生起来答谢他的故乡同胞对他的好意，他的演说辞是广播全国对全国人民说的。他的演说，从头至尾，只有一句话：美国人民必须努力工作，必须为和平努力工作，必须比战时更努力工作。

巴鲁克先生说："现在许多人说借款给人可以拯救世界，这是一个最大的错觉。只有人们大家努力做工可以使世界复兴，如果我们美国愿意担负起保存文化的使命，我们必须做更大的努力，比我们四年苦战还更大的努力。我们必须准备出大汗，努力搏节，努力制造世界人类需要的东西，使人们有面包吃，有衣服穿，有房子住，有教育，有精神上的享受，有娱乐。"

他说："工作是把苦闷变成快乐的炼丹仙人。"他又说，"美国工人现在的工作时间太短了，不够应付世界的需要。"他主张：如果不能回到每周六天，每天八小时的工作时间，至少要大家同心做到每周四十四小时的工作，不罢工，不停顿，才可以做出震惊全世界的工作成绩来。

巴鲁克先生最后说："我们必须认清：今天我们正在四面包围拢来的通货膨胀的危崖上，只有一条生路，那就是工作。我们生产越多，生活费用就越减低；我们能购买的货物也就越加多，剩余力量（物质的、经济的、精神的）也就越容易积聚。"

我引巴鲁克先生的演说，要我们知道，美国在这极强盛极光荣的时候，他们远见的领袖还这样力劝全国人民努力工作。"工作是把苦闷变成快乐的炼丹仙人"，我们中国青年不应该想想这句话吗？

1948年4月发表

做梦也要做个像样的梦

1903年，我只有十二岁，那年12月17日，有美国的莱特弟兄做第一次飞机试验，用很简单的机器试验成功，因此美国定12月17日为飞行节。12月17日正是我的生日，我觉得我同飞行有前世因缘。我在前十多年，曾在广西飞行过十二天，那时我作了一首《飞行小赞》，这算是关于飞行的很早的一首辞。诸位飞过大西洋、太平洋，我在民国三十年，在美国也飞过四万英里，这表示我同诸位不算很隔阂。今天大家要我讲人生问题，这是诸位出的题目，我来交卷。这是很大的问题，让我先下定义，但是定义不是我的，而是思想界老前辈吴稚晖的。他说：人为万物之灵，怎么讲呢？第一：人能够用两只手做东西。第二：人的脑部比一切动物的都大，不但比哺乳动物大，并且比人的老祖宗猿猴的还要大。有这能做东西的两手和比一切动物都大的脑部，所以说人为万物之灵。人生是什么？即是人在戏台上演戏，在唱戏。看戏有各种看法，即对人生的看法叫做人生观。但人生有什么意义呢？怎样算好戏？怎样算坏戏？我常想：人生意义就在我们怎样看人生。意义的大小浅深，全在我们怎样去用两手和脑部。人生很短，上寿不过百年，完全可用手脑做事的时候，不过几十年。有人说，人生是梦，是很短的梦。有人说，人生不过是肥皂泡。其实，就是最悲观的说法，也证实我上面所说人生的有没有意义全看我们对人生的看法。就算他是做梦吧，也要做一个热闹的、轰轰烈烈的好梦，不要做悲观的梦。既然辛辛苦苦的上台，就要好好的唱个好戏，唱个像样子的戏，不要跑龙套。人生不是单独的，人是社会的动物，他能看见和想象他所看不到的东西，他有能看到上至数百万年下至子孙百代的能力。无论是过去、现在，或将来，人都逃不了人与人的关系。比如这一杯茶（讲演桌上放着一杯玻璃杯盛的茶）就包括多少人的贡献，这些人虽然看不见，但从种茶、挑选，用自来水，自来水又包括电力等等，这有多少人的贡献，这就可以看出社会的意义。我们的一举一动，也都有社会的意义，譬如我随便往地上吐口痰，经太阳晒干，风一吹起，如果我有痨病，风可以把病菌带给几个人到无数人。我今天讲的话，诸位也许有人不注意，也许有人认为没道理，也许说胡适之胡说，是瞎说八道，也许有人因我的话回去看看书，也许竟一生受此影响。一句话，一句格言，都能影响人。我举一个极端的例子，两千五百年前，离尼泊尔不远地方，路上有一个乞丐死了，尸首正在腐烂。这时走来一位年轻的少爷叫Gotama，后来就是释迦牟尼佛，这位少爷是生长于深宫中不知穷苦的，他一看到尸首，问这是什么？人说这是死。他说：噢！原来死是这样子，我们都不能不死吗？这位贵族少爷就回去想这问题，后来跑到森林中去想，想了几年，出来宣传他的学说，就是所谓佛学。这尸身腐烂一件事，就有这么大的影响。飞机在莱特兄弟做试验时，是极简单的东西，经四十年的功夫，多少人聪明才智，才发展到今天。我们一举一动，一言一行，一点行为都可以有永远不能磨灭的影响。几年来的战争，都是由希特勒的一本《我的奋斗》闯的祸，这一本书害了多少人？反过来说，一句好话，也可以影响无数人，我讲一个故事：民国元年，有一个英国人到我们学堂讲话，讲的内容很荒谬，但他的O字的发音，同普通人不一样，是尖声的，这也影响到我的O字发音，许多我的学生又受到我的影响。在四十年前，有一天我到一外国人家去，出来时鞋带掉了，那外国人提醒了我，并告诉我系鞋带时，把结头底下转一弯就不会掉了，我记住了这句话，并又告诉许多人，如今这外国人是死了，但他这句话已发生不可磨灭的影响。总而言之，从顶小的事情到顶大的像政治、经济、宗教等等，我们的一举一动都有不可磨灭的影响，尽管看不见，影响还是有。在孔夫子小时，有一位鲁国人说：人生有三不朽，即立德、立功、立言。立德就是最伟大的人格，像耶稣、孔子等。立功就是对社会有贡献。立言包括思想和文学，最伟大的思想和文学都是不朽的。但我们不要把这句话看得贵族化，要看得平民化，比如皮鞋打结不散、吐痰、O的发音，都是不朽的。就是说：不但好的东西不朽，坏的东西也不朽，善不朽，恶亦不朽。一句好话可以影响无数人，一句坏话可以害死无数人。这就给我们一个人生标准，消极的我们不要害人，要懂得自己行为。积极的要使这社会增加一点好处，总要叫人家得我一点好处。

再回来说，人生就算是做梦，也要做一个像样子的梦。宋朝的政治家王安石有一首诗，题目是《梦》，说："知世如梦无所求，无所求心普定寂，还似梦中随梦境，成就河沙梦功德。"不要丢掉这梦，要好好去做！即算是唱戏，也要好好去唱。

1948年8月12日
在北平空军司令部的演讲

新生活就是有意思的生活

那样的生活可以叫做新生活呢?

我想来想去,只有一句话。新生活就是有意思的生活。

你听了,必定要问我,有意思的生活又是什么样子的生活呢?

我且先说一两件实在的事情做个样子,你就明白我的意思了。

前天你没有事做,闲的不耐烦了,你跑到街上的一个小酒店里,打了四两白干,喝完了,又要四两,再添上四两。喝的大醉了,同张大哥吵了一回嘴,几乎打起架来。后来李四哥来把你拉开,你气愤愤的又要了四两白干,喝的人事不知,幸亏李四哥把你扶回去睡了。昨儿早上,你酒醒了，大嫂子把前天的事告诉你，你懊悔得很，自己埋怨自己："昨儿为什么要喝那么多酒呢？可不是糊涂吗？"

你赶上张大哥家去，作了许多揖，赔了许多不是，自己怪自己糊涂，请张大哥大量包涵。正说时，李四哥也来了，王三哥也来了。他们三缺一，要你陪他们打牌。你坐下来，打了十二圈牌，输了一百多吊钱。你回得家来，大嫂子怪你不该赌博，你又懊悔得很，自己怪自己道："是呵，我为什么要陪他们打牌呢？可不是糊涂吗？"

诸位，像这样子的生活，叫做糊涂生活，糊涂生活便是没有意思的生活。你做完了这种生活，回头一想，"我为什么要这样干呢？"你自己也回答不出究竟为什么。

诸位，凡是自己说不出"为什么这样做"的事，都是没有意思的生活。反过来说，凡是自己说得出"为什么这样做"的事，都可以说是有意思的生活。

生活的"为什么"，就是生活的意思。

人同畜生的分别，就在这个"为什么"上。你到万牲园里去看那白熊一天到晚摆来摆去不肯歇，那就是没有意思的生活。我们做了人，应该不要学那些畜生的生活。畜生的生活只是糊涂，只是胡混，只是不晓得自己为什么如此做。一个人做的事应该件件回得出一个"为什么"。

我为什么要干这个？为什么不干那个？回答得出，方才可算是一个人的生活。

我们希望中国人都能做这种有意思的新生活。其实这种新生活并不十分难，只消时时刻刻问自己为什么这样做，为什么不那样做，就可以渐渐的做到我们所说的新生活了。

诸位，千万不要说"为什么"这三个字是很容易的小事。你打今天起，每做一件事，便问一个为什么——为什么不把辫子剪了？为什么不把大姑娘的小脚放了？为什么大嫂子脸上搽那么多的脂粉？为什么出棺材要用那么多叫花子？为什么婆媳妇也要用那么多叫花子？为什么骂人要骂他的爹妈？为什么这个？为什么那个？你试办一两天，你就会觉得这三个字的趣味真是无穷无尽，这三个字的功用也无穷无尽。

诸位，我们恭恭敬敬的请你们来试试这种新生活。

1919年8月发表
为《新生活》杂志第一期做的

我的母亲

　　我小时身体弱，不能跟着野蛮的孩子们一块儿玩。我母亲也不准我和他们乱跑乱跳。小时不曾养成活泼游戏的习惯，无论在什么地方，我总是文绉绉的。所以家乡老辈都说我"像个先生样子"，遂叫我作"穈先生"。这个绰号叫出去之后，人都知道三先生的小儿子叫作穈先生了。既有"先生"之名，我不能不装出点"先生"样子，更不能跟着顽童们"野"了。有一天，我在我家八字门口和一班孩子"掷铜钱"，一位老辈走过，见了我，笑道："穈先生也掷铜钱吗？"我听了羞愧得面红耳热，觉得大失了"先生"的身份！

　　大人们鼓励我装先生样子，我也没有嬉戏的能力和习惯，又因为我确是喜欢看书，所以我一生可算是不曾享过儿童游戏的生活。每年秋天，我的庶祖母同我到田里去"监割"（顶好的田，水旱无忧，收成最好，佃户每约田主来监割，打下谷子，两家平分），我总是坐在小树下看小说。十一二岁时，我稍活泼一点，居然和一群同学组织了一个戏剧班，做了一些木刀竹枪，借得了几副假胡须，就在村口田里做戏。我做的往往是诸葛亮、刘备一类的文角儿；只有一次我做史文恭，被花荣一箭从椅子上射倒下去，这算是我最活泼的玩意儿了。

我在这九年（1895—1904）之中，只学得了读书写字两件事。在文字和思想的方面，不能不算是打了一点底子。但别的方面都没有发展的机会。有一次我们村里"当朋"（八都凡五村，称为"五朋"，每年一村轮着做太子会，名为"当朋"），筹备太子会，有人提议要派我加入前村的昆腔队里学习吹笙或吹笛。族里长辈反对，说我年纪太小，不能跟着太子会走遍五朋。于是我失掉了这学习音乐的唯一机会。三十年来，我不曾拿过乐器，也全不懂音乐；究竟我有没有一点学音乐的天资，我至今还不知道。至于学图画，更是不可能的事。我常常用竹纸蒙在小说书的石印绘像上，摹画书上的英雄美人。有一天，被先生看见了，挨了一顿大骂，抽屉里的图画都被搜出撕毁了。于是我又失掉了学做画家的机会。

但这九年的生活，除了读书看书之外，究竟给了我一点做人的训练，在这一点上，我的恩师就是我的慈母。

每天天刚亮时，我母亲便把我喊醒，叫我披衣坐起。我从不知道她醒来坐了多久了。她看我清醒了，才对我说昨天我做错了什么事，说错了什么话，要我认错，要我用功读书。有时候她对我说父亲的种种好处。她说："你总要踏上你老子的脚步。我一生只晓得这一个完全的人，你要学他，不要跌他的股。"（跌股便是丢脸，出丑）她说到伤心处，往往掉下泪来。到天大明时，她才把我的衣服穿好，催我去上早学。学堂门上的锁匙放在先生家里；我先到学堂门口一望，便跑到先生家里去敲门。先生家里有人把锁匙从门缝里递出来，我拿了跑回去，开了门，坐下念生书。十天之中，总有八九天我是第一个去开学堂门的。等到先生来了，我背了生书，才回家吃早饭。

我母亲管束我最严，她是慈母兼任严父。但她从来不在别人面前骂我一句，打我一下。我做错了事，她只对我一望，我看见了她的严厉眼光，就吓住了。犯的事小，她等到第二天早晨我睡醒时才教训我。犯的事大，她等到晚上人静时，关了房门，先责备我，然后行罚，或跪罚，或拧我的肉。无论怎样重罚，总不许我哭出声音来。她教训儿子不是借此出气叫别人听的。

有一个初秋的傍晚，我吃了晚饭，在门口玩，身上只穿着一件单背心，这时候我母亲的妹子玉英姨母在我家住。她怕我冷了，拿了一件小衫出来叫我穿上。我不肯穿，她说："穿上吧，凉了。"我随口回答："娘（凉）什么！老子都不老子呀。"我刚说了这句话，一抬头，看见母亲从家里走出，我赶快把小衫穿上。但她已听见这句轻薄的话了。晚上人静后，她罚我跪下，重重地责罚了一顿。她说："你没了老子，是多么得意的事！好用来说嘴！"她气得坐着发抖，也不许我上床去睡。我跪着哭，用手擦眼泪，不知擦进了什么微菌，后来足足害了一年多的眼翳病。医来医去，总医不好。我母亲心里又悔又急，听说眼翳可以用舌头舔去，有一夜她把我叫醒，她真用舌头舔我的病眼。这是我的严师，我的慈母。

我母亲二十三岁做了寡妇，又是当家的后母。这种生活的痛苦，我的笨笔写不出一万分之一二。家中财政本不

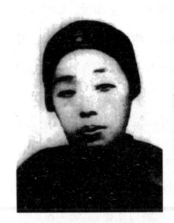

上左：胡适的母亲冯顺弟（1873—1918）。

上右：胡适自称此像神似母亲。

下左：胡适的父亲胡传（1841—1895）。

下右：胡传自撰的《钝夫年谱》，共四卷（胡传，号钝夫），1930年由胡适亲自抄校完毕。这是首次刊行的《钝夫年谱》。

宽裕，全靠二哥在上海经营调度。大哥从小就是败子，吸鸦片烟、赌博，钱到手就光，光了就回家打主意，见了香炉就拿出去卖，捞着锡茶壶就拿出去押。我母亲几次邀了本家长辈来，给他定下每月用费的数目。但他总不够用，到处都欠下烟债赌债。每年除夕我家中总有一大群讨债的，每人一盏灯笼，坐在大厅上不肯去。大哥早已避出去了。大厅的两排椅子上满满的都是灯笼和债主。我母亲走进走出，料理年夜饭、谢灶神、压岁钱等事，只当作不曾看见这一群人。到了近半夜，快要"封门"了，我母亲才走后门出去，央一位邻舍本家到我家来，每一家债户开发一点钱。做好做歹的，这一群讨债的才一个一个提着灯笼走出去。一会儿，大哥敲门回来了。我母亲从不骂他一句。并且因为是新年，她脸上从不露出一点怒色。这样的过年，我过了六七次。

大嫂是个最无能而又最不懂事的人，二嫂是个很能干而气量很窄小的人。她们常常闹意见，只因为我母亲的和气榜样，她们还不曾有公然相骂相打的事。她们闹事时，只是不说话，不答话，把脸放下来，叫人难看；二嫂生气时，脸色变青，更是怕人。她们对我母亲闹气时，也是如

此。我起初全不懂得这一套，后来也渐渐懂得看人的脸色
了。我渐渐明白，世间最可厌恶的事莫如一张生气的脸；
世间最下流的事莫如把生气的脸摆给旁人看。这比打骂还
难受。

我母亲的气量大，性子好，又因为做了后母后婆，她
更事事留心，事事格外容忍。大哥的女儿比我只小一岁，
她的饮食衣料总是和我的一样。我和她有小争执，总是我
吃亏，母亲总是责备我，要我事事让她。后来大嫂二嫂都
生了儿子了，她们生气时便打骂孩子来出气，一面打，一
面用尖刻有刺的话骂给别人听。我母亲只装作不听见。有
时候，她实在忍不住了，便悄悄走出门去，或到左邻立大
嫂家去坐一会，或走后门到后邻度嫂家去闲谈。她从不和
两个嫂子吵一句嘴。

每个嫂子一生气，往往十天半个月不歇，天天走进走
出，板着脸，咬着嘴，打骂小孩子出气。我母亲只忍耐
着，忍到实在不可再忍的一天，她也有她的法子。这一天
的天明时，她便不起床，轻轻地哭一场。她不骂一个人，
只哭她的丈夫，哭她自己苦命，留不住她丈夫来照管她。
她先哭时，声音很低，渐渐哭出声来。我醒了起来劝她，

她不肯住。这时候，我总听见前堂（二嫂住前堂东房）或后堂（大嫂住后堂西房）有一扇房门开了，一个嫂子走出房向厨房走去。不多一会，那位嫂子来敲我们的房门了。我开了房门，她走进来，捧着一碗热茶，送到我母亲床前，劝她止哭，请她喝口热茶。我母亲慢慢停住哭声，伸手接了茶碗。那位嫂子站着劝一会，才退出去。没有一句话提到什么人，也没有一个字提到这十天半个月来的气脸，然而各人心里明白，泡茶进来的嫂子总是那十天半个月来闹气的人。奇怪得很，这一哭之后，至少有一两个月的太平清静日子。

我母亲待人最仁慈，最温和，从来没有一句伤人感情的话；但她有时候也很有刚气，不受一点人格上的侮辱。我家五叔是个无正业的浪人，有一天在烟馆里发牢骚，说我母亲家中有事总请某人帮忙，大概总有什么好处给他。这句话传到了我母亲耳朵里，她气得大哭，请了几位本家来，把五叔喊来，她当面质问他，她给了某人什么好处。直到五叔当众认错赔罪，她才罢休。

我在我母亲的教训之下住了九年，受了她的极大极深的影响。我十四岁（其实只有十二岁零两三个月）就离开她了，在这广漠的人海里独自混了二十多年，没有一个人管束过我。如果我学得了一丝一毫的好脾气，如果我学得了一点点待人接物的和气，如果我能宽恕人，体谅人——我都得感谢我的慈母。

1930年11月

有几分证据说几分话，
有七分证据不说八分话。

第四章

做不受人惑的人

差不多先生传

你知道中国最有名的人是谁？

提起此人，人人皆晓，处处闻名。他姓差，名不多，是各省各县各村人氏。你一定见过他，一定听过别人谈起他。差不多先生的名字天天挂在大家的口头，因为他是中国全国人的代表。

差不多先生的相貌和你和我都差不多。他有一双眼睛，但看的不很清楚；有两只耳朵，但听的不很分明；有鼻子和嘴，但他对于气味和口味都不很讲究。他的脑子也不小，但他的记性却不很精明，他的思想也不很细密。

他常常说："凡事只要差不多，就好了。何必太精明呢？"

他小的时候，他妈叫他去买红糖，他买了白糖回来。

他妈骂他，他摇摇头说："红糖白糖不是差不多吗？"

他在学堂的时候，先生问他："直隶省的西边是哪一省？"他说是陕西。先生说："错了。是山西，不是陕西。"他说："陕西同山西，不是差不多吗？"

后来他在一个钱铺里做伙计；他也会写，也会算，只是总不会精细。十字常常写成千字，千字常常写成十字。掌柜的生气了，常常骂他。他只是笑嘻嘻地赔小心道："千字比十字只多一小撇，不是差不多吗？"

有一天，他为了一件要紧的事，要搭火车到上海去。他从从容容地走到火车站，迟了两分钟，火车已开走了。他白瞪着眼，望着远远的火车上的煤烟，摇摇头道："只好明天再走了，今天走同明天走，也还差不多。可是火车公司未免太认真了。八点三十分开，同八点三十二分开，不是差不多吗？"他一面说，一面慢慢地走回家，心里总不明白为什么火车不肯等他两分钟。

有一天，他忽然得了急病，赶快叫家人去请东街的汪医生。那家人急急忙忙地跑去，一时寻不着东街的汪大夫，却把西街牛医王大夫请来了。差不多先生病在床上，知道寻错了人；但病急了，身上痛苦，心里焦急，等不得了，心里想道："好在王大夫同汪大夫也差不多，让他试试看罢。"于是这位牛医王大夫走近床前，用医牛的法子给差不多先生治病。不上一点钟，差不多先生就一命呜呼了。

差不多先生差不多要死的时候，一口气断断续续地说道："活人同死人也差……差……差不多，……凡事只要……差……差……不多……就……好了，……何……何……必……太……太认真呢？"他说完了这句格言，方才绝气了。

他死后，大家都很称赞差不多先生样样事情看得破，想得通；大家都说他一生不肯认真，不肯算账，不肯计较，真是一位有德行的人。于是大家给他取个死后的法号，叫他做圆通大师。

他的名誉越传越远，越久越大。无数无数的人都学他的榜样。于是人人都成了一个差不多先生。——然而中国从此就成为一个懒人国了。

1924 年 6 月 28 日发表

拜金主义

吴稚晖先生在今年5月底曾对我说："适之先生，你千万再不要提倡那害人误国的国故整理了。现在最要紧的是提倡一种纯粹的拜金主义。"

我因为个人兴趣上的关系，大概还不能完全抛弃国故的整理。但对于他说的拜金主义的提倡，我却表示二十四分的赞成。

拜金主义并没有于什么深奥的教旨，吴稚晖先生在他的《一个新信仰的宇宙观与人生观》里，曾发挥过这种教义，简单说来，拜金主义只有三条：

第一，要自己能挣饭吃。

第止，不可抢别人的饭吃。

第三，要能想出法子来，开出生路来，叫别人有挣饭吃的机会。

《珠砂痣》里有一句说白："原来银子是一件好宝贝。"这就是拜金主义的浅说。银子为什么是一件好宝贝呢？因为没有银子便是贫穷，贫穷便是一切罪恶的来源。《珠砂痣》里那个男子因为贫穷，便肯卖妻子，卖妻子便是一桩罪恶。你仔细想想，那一件罪恶不是由于贫穷的？小偷、大盗、扒儿手、绑票、卖娼、贪贼、卖国，那一件不是由于贫穷？

所以古人说：衣食足而后知荣辱，仓廪实而后知礼节。这便是拜金主义的人生观。

一班瞎了眼睛，迷了心头孔的人，不知道人情是什么，偏要大骂西洋人，尤其是美国人，骂他们"崇拜大拉"（Worship the dollar）！你要知道，美国人因为崇拜大拉，所以已经做到了真正"夜不闭户，路不拾遗"的理想境界了。（几个大城市里自然还有罪恶，但乡间真能夜不闭户，路不拾遗是西洋的普遍现状。）

我们不配骂人崇拜大拉，请回头看看我们自己崇拜的是什么！

一个老太婆，背着一只竹箩，拿着一根铁扦，天天到

上图为女学生们在饭馆吃饭；下图是民国学校里精致整洁的食堂。

巷堂里扒垃圾堆，去寻找那垃圾堆里一个半个没有烧完的煤球，一寸两寸稀烂奇脏的破布。——这些人崇拜的是什么！

要知道，这种人连半个没有烧完的煤球也不肯放过，还能有什么"道德""廉洁""路不拾遗"？

所以现今的要务足要充分提倡拜金主义，提倡人人要挣饭吃。

上海青年会里的朋友们现在办了一种职业学校，要造成一些能自己挣饭吃的人才，这真是大做好事，功德无量，我想社会上一定有些假充道学的人，嫌这个学校的拜金气味太重，所以写这篇短文，预先替他们做点辩护。

1927年10月发表

做不受人惑的人

一个大学里，哲学系应该是最不时髦的一系，人数应该最少。但北大的哲学系向来有不少的学生，这是我常常诧异的事。我常常想，这许多哲学学生，毕业之后，应该做些什么事？能够做些什么事？

现在你们都要毕业了。你们自然也都在想："我们应该做些什么？我们能够做些什么？"

依我的愚见，一个哲学系的目的应该不是叫你们死读哲学书，也不是教你们接受某派某人的哲学。禅宗有个和尚曾说："达摩东来，只是要寻一个不受人惑的人。"我想借用这句话来说："哲学教授的目的也只是要造就几个不受人惑的人。"

你们应该做些什么？你们应该努力做个不受人惑

1917年，胡适赴北大任哲学系教授，成为北大最年轻的教授之一。

1948年9月15日，时任北大校长的胡适与出席泰戈尔画展的来宾在子民堂前留影。

的人。

你们能够做个不受人惑的人吗？这个全凭自己的努力。如果你们不敢十分自信，我这里有一件小小法宝，送给你们带去做一件防身的工具。这件小法宝只有四个字："拿证据来！"

这里还有一只小小的锦囊，装着这件小法宝的用法："没有证据，只可悬而不断；证据不够，只可假设，不可武断；必须等到证实之后，方才可以算作定论。"

必须自己能够不受人惑，方才可以希望指引别人不受人惑。

朋友们，大家珍重！

1931年

给北大哲学系毕业生纪念赠言

领袖人才的来源

北京大学教授孟森先生前天寄了一篇文字来，题目是论"士大夫"（见《独立》第十二期）。他下的定义是：

"士大夫"者，以自然人为国负责，行事有权，败事有罪，无神圣之保障，为诛殛所可加者也。

虽然孟先生说的"士大夫"，从狭义上说，好像是限于政治上负大责任的领袖，然而他又包括孟子说的"天民"一级不得位而有绝大影响的人物，所以我们可以说，若用现在的名词，孟先生文中所谓"士大夫"应该可以叫做"领袖人物"，省称为"领袖"。孟先生的文章是他和我的一席谈话引出来的，我读了忍不住想引用他的意思，讨论这个领袖人才的问题。

孟先生此文的言外之意是叹息近世居领袖地位的人缺乏真领袖的人格风度，既抛弃了古代"士大夫"的风范，又不知道外国的"士大夫"的流风遗韵，所以成了一种不足表率人群的领袖。他发愿要搜集中国古来的士大夫人格可以做后人模范的，做一部《士大夫集传》；他又希望有人搜集外国士大夫的精华，做一部《外国模范人物集传》。这都是很应该做的工作，也许是很有效用的教育材料。我们知道《新约》里的几种耶稣传记影响了无数人的人格；我们知道布鲁达克（Plutarch）的英雄传影响了后世许多的人物。欧洲的传记文学发达的最完备，历史上重要人物都有很详细的传记，往往有一篇传记长至几十万言的，也往往有一个人的传记多至几十种的。这种传记的翻译，倘使有审慎的选择和忠实明畅的译笔，应该可以使我们多知道一点西洋的领袖人物的嘉言懿行，间接的可以使我们对于西方民族的生活方式得一点具体的了解。

中国的传记文学太不发达了，所以中国的历史人物往往只靠一些干燥枯窘的碑版文字或史家列传流传下来；很少的传记材料是可信的，可读的已很少了；至于可歌可泣的传记，可说是绝对没有。我们对于古代大人物的认识，往往只全靠一些很零碎的轶事琐闻。然而我至今还记得我做小孩子时代读的朱子《小学》里面记载的几个可爱的人物，如汲黯、陶渊明之流，朱子记陶渊明，只记他做县令时送一个长工给他儿子。附去一封家信，说："此亦人子也，可善遇之。"这寥寥九个字的家书，印在脑子里，也颇有很深刻的效力，使我三十年来不敢轻用一句暴戾的辞气对待那帮我做事的人。这一个小小例子可以使我承认模范人物的传记，无论如何不详细，只须剪裁的得当，描写的生动，也未尝不可以做少年人的良好教育材料，也未尝不可介绍一点做人的风范。

但是传记文学的贫乏与忽略，都不够解释为什么近世中国的领袖人物这样稀少而又不高明。领袖的人才决不是光靠几本《士大夫集传》就能铸造成功的。"士大夫"的稀少，只是因为"士大夫"在古代社会里自成一个阶级，而这个阶级久已不存在了。在南北朝的晚期，颜之推说：

> 吾观《礼经》，圣人之教，箕帚匕箸，咳唾唯诺，执烛沃盥，皆有节文，亦为至矣。但（《礼经》）既残

缺非复全书，其有所不载，及世事变改者，学达君子自为节度，相承行之。故世号"士大夫风操"。而家门颇有不同，所见互称长短。然其仟陌亦自可知。（《颜氏家训·风操》第六）

在那个时代，虽然经过了魏、晋旷达风气的解放，虽然经过了多少战祸的摧毁，"士大夫"的阶级还没有完全毁灭，一些名门望族都竭力维持他们的门阀。帝王的威权，外族的压迫，终不能完全消灭这门阀自卫的阶级观念。门阀的争存不全靠声势的煊赫，子孙的贵盛。他们所倚靠的是那"士大夫风操"，即是那个士大夫阶级所用来律己律人的生活典型。即如颜氏一家，遭遇亡国之祸，流徙异地，然而颜之推所最关心的还是"整齐门内，提撕子孙"，所以他著作家训，留作他家子孙的典则。隋、唐以后，门阀的自尊还能维持这"士大夫风操"至几百年之久。我们看唐朝柳氏和宋朝吕氏、司马氏的家训，还可以想见当日士大夫的风范的保存是全靠那种整齐严肃的士大夫阶级的教育的。

　　然而这士大夫阶级始终被科举制度和别种政治和经济的势力打破了。元、明以后，三家村的小儿只消读几部刻板书，念几百篇科举时文，就可以有登科作官的机会；一朝得了科第，像《红鸾禧》戏文里的丐头女婿，自然有送钱投靠的人来拥戴他去走马上任。他从小学的是科举时文，从来没有梦见过什么古来门阀里的"士大夫风操"的教育与训练，我们如何能期望他居士大夫之位要维持士大夫的人品呢？

　　以上我说的话，并不是追悼那个士大夫阶级的崩坏，更不是希冀那种门阀训练的复活。我要指出的是一种历史事实。凡

美国留学时期的胡适。胡适于1910年考取清华庚子赔款留学美国官费生，当时以"胡适"的名字报考，此后就正式叫"胡适"。

成为领袖人物的，固然必须有过人的天资做底子，可是他们的知识见地，做人的风度，总得靠他们的教育训练。一个时代有一个时代的"士大夫"，一个国家有一个国家的范型式的领袖人物。他们的高下优劣，总都逃不出他们所受的教育训练的势力。某种范型的训育自然产生某种范型的领袖。

这种领袖人物的训育的来源，在古代差不多全靠特殊阶级（如中国古代的士大夫门阀，如日本的贵族门阀，如欧洲的贵族阶级及教会）的特殊训练。在近代的欧洲则差不多全靠那些训练领袖人才的大学。欧洲之有今日的灿烂文化，差不多全是中古时代留下的几十个大学的功劳。近代文明有四个基本源头：一是文艺复兴，二是十六七世纪的新科学，三是宗教革新，四是工业革命。这四个大运动的领袖人物，没有一个不是大学的产儿。中古时代的大学诚然是幼稚的可怜，然而意大利有几个大学都有一千年的历史；巴黎、牛津、剑桥都有八九百年的历史；欧洲的有名大学，多数是有几百年的历史的；最新的大学，如莫斯科大学也有一百八十多年了，柏林大学是一百二十岁了。

有了这样长期的存在，才有积聚的图书设备，才有集中的人才，才有继长增高的学问，才有那使人依恋崇敬的"学风"。至于今日，西方国家的领袖人物，那一个不是从大学出来的？即使偶有三五个例外，也没有一个不是直接间接受大学教育的深刻影响的。

在我们这个不幸的国家，一千年来，差不多没有一个训练领袖人才的机关。贵族门阀是崩坏了，又没有一个高等教育的书院是有持久性的，也没有一种教育是训练"有为有守"的人才的。五千年的古国，没有一个三十年的大学！八股试帖是不能造领袖人才的，做书院课卷是不能造领袖人才的，当日最高的教育——理学与经学考据——也是不能造领袖人才的。现在这些东西都快成了历史陈迹了，然而这些新起的"大学"，东抄西袭的课程，朝三暮四的学制，七零八落的设备，四成五成的经费，朝秦暮楚的校长，东家宿而西家餐的教员，十日一雨五日一风的学潮，——也都还没有造就领袖人才的资格。

丁文江先生在《中国政治的出路》（《独立》第十一期）里曾指出"中国的军事教育比任何其他的教育都要落

后"，所以多数的军人都"因为缺乏最低的近代知识和训练，不足以担任国家的艰巨"。其实他太恭维"任何其他的教育"了！茫茫的中国，何处是训练大政治家的所在？何处是养成执法不阿的伟大法官的所在？何处是训练财政经济专家学者的所在？何处是训练我们的思想大师或教育大师的所在？

领袖人物的资格在今日已不比古代的容易了。在古代还可以有刘邦、刘裕一流的枭雄出来平定天下，还可以像赵普那样的人妄想用"半部《论语》治天下"。在今日的中国，领袖人物必须具备充分的现代见识，必须有充分的现代训练，必须有足以引起多数人信仰的人格。这种资格的养成，在今日的社会，除了学校，别无他途。

我们到今日才感觉整顿教育的需要，真有点像"临渴掘井"了。然而治七年之病，终须努力求三年之艾。国家与民族的生命是千万年的。我们在今日如果真感觉到全国无领袖的苦痛，如果真感觉到"盲人骑瞎马"的危机，我们应当深刻的认清只有咬定牙根来彻底整顿教育，稳定教育，提高教育的一条狭路可走。如果这条路上的荆棘不扫除，虎狼不驱逐，奠基不稳固；如果我们还想让这条路去长久埋没在淤泥水潦之中，——那么，我们这个国家也只好长久被一班无知识无操守的浑人领导到沉沦的无底地狱里去了。

1932年8月7日发表

前途在我们自己手里

......

  可靠的民族信心，必须建筑在一个坚固的基础之上，祖宗的光荣自是祖宗之光荣，不能救我们的痛苦羞辱。何况祖宗所建的基业不全是光荣呢？我们要指出：我们的民族信心必须站在"反省"的唯一基础之上。反省就是要闭门思过，要诚心诚意的想，我们祖宗的罪孽深重，我们自己的罪孽深重；要认清了罪孽所在，然后我们可以用全副精力去消灾灭罪。寿生先生引了一句"中国不亡是无天理"的悲叹词句，他也许不知道这句伤心的话是我十三四年前在中央公园后面柏树下对孙伏园先生说的，第二天被他记在《晨报》上，就流传至今。我说出那句话的目的，不是要人消极，是要人反省；不是要人灰心，是要人起信心，发下大宏誓来忏悔；来替祖宗忏悔，替我们自己忏悔；要发愿造新因来替代旧日种下的恶因。

今日的大患在于全国人不知耻。所以不知耻者，只是因为不曾反省。一个国家兵力不如人，被人打败了，被人抢夺了一大块土地去，这不算是最大的耻辱。一个国家在今日还容许整个的省份遍种鸦片烟，一个政府在今日还要依靠鸦片烟的税收——公卖税、吸户税、烟苗税、过境

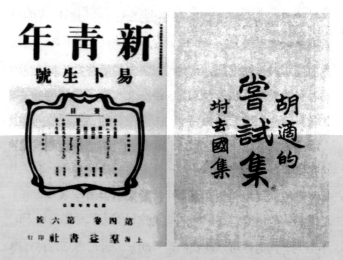

胡适是新文化运动的主将，他的《尝试集》是中国第一部新诗集。他于1917年1月发表在《新青年》杂志上的《文学改良刍议》一文，更是倡导文学革命的第一篇文章。

税——来做政府的收入的一部分，这是最大的耻辱。一个现代民族在今日还容许他们的最高官吏公然提倡什么"时轮金刚法会""息灾利民法会"，这是最大的耻辱。一个国家有五千年的历史，而没有一个四十年的大学，甚至于没有一个真正完备的大学，这是最大的耻辱。一个国家能养三百万不能捍卫国家的兵，而至今不肯计划任何区域的国民义务教育，这是最大的耻辱。

真诚的反省自然发生真诚的愧耻。孟子说的好："不耻不若人，何若人有？"真诚的愧耻自然引起向上的努力，要发宏愿努力学人家的好处，铲除自家的罪恶。经过这种反省与忏悔之后，然后可以起新的信心：要信仰我们自己正是拨乱反正的人，这个担子必须我们自己来挑起。三四十年的天足运动已经差不多完全铲除了小脚的风气：从前大脚的女人要装小脚，现在小脚的女人要装大脚了。风气转移的这样快，这不够坚定我们的自信心吗？

历史的反省自然使我们明了今日的失败都因为过去的不努力，同时也可以使我们格外明了"种瓜得瓜，种豆得豆"的因果铁律。铲除过去的罪孽只是割断已往种下的果。我们要收新果，必须努力造新因。祖宗生在过去的时代，他们没有我们今日的新工具，也居然能给我们留下了不少的遗产。我们今日有了祖宗不曾梦见的种种新工具，当然应该有比祖宗高明千百倍的成绩，才对得起这个新鲜的世界。日本一个小岛国，那么贫瘠的土地，那么少的人民，只因为伊藤博文、大久保利通、西乡隆盛等几十个人的努力，只因为他们肯拼命的学人家，肯拼命的用这个世界的新工具，居然在半个世纪之内一跃而为世界三五大强国之一。这不够鼓舞我们的信心吗？

反省的结果应该使我们明白那五千年的精神文明。那"光辉万丈"的宋明理学，那并不太丰富的固有文化，都是无济于事的银样蜡枪头。我们的前途在我们自己的手里。我们的信心应该望在我们的将来。我们的将来全靠我们下什么种，出多少力。"播了种一定会有收获，用了力决不至于白费"——这是翁文灏先生要我们有的信心。

1934年6月3日发表

原文为《信心与反省》，有删改

关于思想的几点看法

——答陈之藩

之藩先生：

谢谢你两次长信。请你恕我没有正式回答你第一信。

我那篇《我们必须选择我们应走的方向》，是答你的信。当时我很忙，就没有剪寄给你——当初是在全国四十多家日报上发表的。

我很高兴读你半年来思想演变的经过。我很佩服你能保存一颗虚而能受的心，那是一切知识思想进步的源头。

思想切不可变成宗教。变成了宗教，就不会虚而能受了，就不思想了。

我宁可保持我无力的思想，决不肯换取任何有力而不思想的宗教，也许有人说，这是同"葡萄是酸的，我本来不想吃"一样。

关于你问我那几点，不一定我都能回答。只说几点吧：

（1）别说缓不济事，缓不应急。这是"任重而道远"的事，不可小看了自己。

我曾引戊戌维新人物王照先生说："天下事那有捷径？"他曾说："戊戌年，余与老康讲论，即言'……

1933年，担任北大文学院院长时的胡适。1932年，胡适任北大文学院院长兼中文系主任。此前，他担任过北大教务长及英文学系主任、新月书店董事会董事长、中国公学校长等职。

我看只有尽力多立学堂，渐渐扩充。……'老康说：'列强瓜分即在眼前，你这条道如何来得及？'迄今三十二年，来得及，来不及，是不贴题的话。"（我的《论学近著》一，470）此话至今又十八年了！戊戌至今五十年了！这话很像是代我答你了。

（2）一切"恶连环"，当用齐国君王后的解法。她用铁椎一敲，连环自解了。从你能做的做起。

（3）"善未易明，理未易察。"就是承认问题原来不是那么简单容易。宋人受了中古宗的影响，把"明善""察理""穷理"看得太容易了，故容易走上武断的路。吕祖谦能承认"善未易明，理未易察"，真是医治武断病与幼稚病一剂圣药。

（4）关于"孔家店"，我向来不主张轻视或武断的抹杀。你看见了我的《说儒》篇吗？那是很重视孔子的历史的地位的。但那是冯友兰先生们不会了解的。

将来你来北平，盼望能来谈谈。祝你好。

　　　　　　　　　　　　　　胡适　三十七，三，三
　　　　　　　　　　　　　　1948年3月3日